中公文庫

遅刻して来た幽霊

赤川次郎

中央公論新社

目次

遅刻して来た幽霊

静かな訪問者

1

電話が鳴ると、田崎絹子《たさききぬこ》の目は、電話にではなく、まず時計の方へ向くのだった。

十時前ならホッとするし、十時を過ぎていればがっかりする。――ただ、このところ、それが、逆転しつつあるのも、事実だった。

これは謎々《なぞなぞ》でも何でもない。

説明すれば至って単純なことで、つまり夜十時前に夫から電話があれば、

「今から帰って食事するから、仕度をしておいてくれ」

という内容だし、十時を回っていれば、

「飲んで帰るから、食事はいらない」

ということなのである。

もちろん、時に例外はあるにせよ、十中八九はそれに違いなかった。

この夜、電話が鳴ったのは、絹子が時計に目をやると、十時ちょうどだった。果してどっちの電話なのやら、中途半端《はんぱ》な気分で、絹子は受話器を上げた。

「はい、田崎でございます」

「やあ、僕だ」

夫の声だった。いやに楽しそうだ。きっと、どこかで飲んでるんだわ、と絹子は思った。

「あなた。今夜はどうするの？」

「ちょっと遅くなるよ」

「そう。分ったわ」

「ただね、客が来ることになってるんだ」

「え？」

思わず、絹子は訊《き》き返していた。「お客様？　どこへ来るの？」

「うちへだよ。決ってるじゃないか」

と、田崎は笑った。

「うちって……。ここにみえるの？」

「うん。僕もできるだけ早く帰るけど、もし帰る前に来たら、よろしく頼む」

「よろしくって……。どなたなの、お客様は？」

「うちのお得意なんだ。どうしても明日の朝出社するまでに、煮つめとかなきゃならない仕事の話があるから、うちへ来てもらうことにしたのさ」

「まあ、そんな……。私一人じゃ、どうしていいか分らないじゃないの」

「お茶でも出して、適当に世間話でもしててくれりゃいいんだよ」

「そんなこと言ったって――」

絹子は、心細い声を出した。「だったら、早く帰って来てよ」

「こっちも接待なんだ。仕方ないよ。もちろん早く帰るようにするさ」

「お願いよ」

「じゃ、頼んだよ」

「それで、お客様は――もしもし？」

電話は切れていた。「――もう！」

文句を言ってみても、夫はもう会社にはいないのだろう。その「客」というのが、何時ごろここへ来るのか、訊きたかったのだが。

お客。――こんな時間に！

「困ったわ」

と、絹子は呟《つぶや》いた。

部屋の中は、一応きちんと片付いている。２ＬＤＫのマンションで、大した広さでもないが、客が来て、居場所がないというほど狭くはなかった。それに絹子は掃除好きで、子供もいないので、いきなり客が来ても、恥ずかしいことはない。

しかし、お茶菓子の一つでも、と思うと、出すほどのものが何もないのが気になって来る……。

田崎絹子は三十歳になる。二つ年下の夫と結婚して三年たつ。

子供がいないのはともかくとして、このところ、夫との間がどこかよそよそしくなり始めているのを、絹子は敏感に感じていた。

「何か買って来ようかしら」

と、呟く。

といって、こんな時間、どの店だって、もう閉っていよう。でも、「会社のお得意」という人に、お茶だけ出すというのも……。それに夫がすぐ帰って来るとも限らないのだ。

「――そうだわ」

絹子は、ふと思い付いた。すぐ近くに、ファミリーレストランのチェーン店がある。確か、夜中の二時ごろまで開いているはずだ。あそこなら、ケーキとかクッキーの類《たぐい》を売っている。

でも――と、絹子は迷った。もし、その「お客」が、留守の間にやって来たら？

しかし、夫からは、たった今、連絡があったばかりなのだし、買って戻るのには、十分もあれば充分だ。

行って来よう、と絹子は決めた。それならすぐに出た方がいい。

財布をつかんで、一旦《いったん》表の通路へ出ようとして、冷たい風に首をすぼめた絹子は、あわててコートを取りに戻った。もう、十二月になっているのだ……。

レストランは、びっくりするくらい混《こ》んでいた。夫婦らしいカップルも、普通なら夕食の時間でもないはずだが、どういう人たちなのか、若い恋人たちもいる。

ケーキをいくつか頼んだものの、手が足りないのか、レジの前の椅子《いす》に座って待っていてくれ、と言われてしまった。

仕方なく、椅子に腰をおろす。

――店の中は、もうクリスマスの飾りつけだった。

去年は、夫と二人、ホテルのディナーショーを見て、ゆっくり過ごしたクリスマスだったが、今年はどうなるだろう?――あまり期待しちゃいけないわ、と絹子は自分に向って言い聞かせた。

田崎とは見合い結婚である。絹子の方では、ハンサムで背も高く、魅力的だった田崎に、ほとんど一目惚《ひとめぼ》れ同然だったのだが――。

二つ年上で、もともと性格的にも外見も地味な絹子を田崎が選んだのは、絹子の父親のせいでもあった。絹子の父は、そのとき田崎の勤め先の部長だったし、間もなく社長になると見られていたのだ。

絹子としても、夫がただ出世目当てに自分と結婚したとは思いたくない。しかし、それが何割かは知らないが、理由の一部であったことは、否定できなかった。

それは、父が一年前に急に亡《な》くなって——ガンだった——はっきりして来た。父の死後、田崎が目に見えて絹子に冷たくなったからだ……。

絹子は悲しかった。しかし、絹子の方は、相変らず夫を愛していたし、これで子供でもできれば、夫も変るだろう、と考えているのだった。

「——マンションというんですがね」

男の声に、ふと絹子は顔を上げた。

支払いをしている男が、レジの女の子に、どこかのマンションの場所を訊いているのだ。

今、何といったのかしら？

何だか、絹子には、その男が言ったのが、自分のいるマンションの名だったように聞こえたのである。

「さあ……」

訊かれたレジの女の子は、戸惑ったように、「ちょっとお待ち下さい」と、誰かチーフの男性を呼んで来た。

男がもう一度、

「Ａマンションというんだけど、どこだか分らないかな」

と言った。

やっぱり。うちのマンションだわ。

「さあ、ちょっと……。この近くなんですか？」

「そう聞いて来たんだけどね」

「よく分りませんねえ」

返事はしているものの、この忙しいときに、という迷惑そうな口調だった。

「そう。――いや、それじゃ捜すよ」

訊いた男の方も、諦《あきら》めたようだった。

「――お客様、ケーキ、お待たせいたしました」

と、レジの女の子が、絹子に呼びかける。

「はい」

絹子は立って行った。

男の方は、つり銭を財布へ入れると、コートのボタンをかけ、行きかけた。

「あの――」

いつもなら、こんなときにも、見知らぬ人に声をかけたりしない絹子なのだが、どうしてこのときばかりは呼び止めたりしたのか、自分でも分らなかった。

「失礼ですけど」

男が振り向く。絹子は、ちょっと目を伏せながら、

「Aマンションへ行かれるんですか」

と言った。

「ええ。――ご存知ですか」

「私のいる所です」

「ああ、そりゃありがたい」

「ちょっとお待ちいただければ――」

「案内していただけますか。いや、それは助かります。夜遅くに、うろうろ捜し回るのも閉口ですからね」

人当りのいい、柔らかい口調だった。

ケーキの代金を払いながら、絹子は何だか妙な気分だった。心ここにあらず、とでもいうのか……。

「まあ」

ケーキを受け取って、絹子は男の方を振り向いた。「あなた――戸部さんじゃありません？」

2

「いや、びっくりしたな。ちょっと、どこかで見たような、とは思ったんだけど。まさか大野さんとは思わなかった」

絹子は、ちょっと笑って、

「もう十年もたつんだもの。分らなくて当り前よ。すっかり年とっちゃったんだから」

と言った。「でも戸部さん、少しも変らない」

「そんなことがあるもんか」

戸部は、苦笑いして、「確実に十年分は、年を取ったよ」

「そうかしら？　大学生と言われても通用しそうよ」

「おいおい。君はそんなにお世辞の巧《うま》い人じゃなかったぜ」

「あなた、いつも悪口言ってたわ、私の」

「そうかい？」

「とぼけちゃって！　私に〈冷凍食品〉ってアダ名つけたのあなたでしょ。みんな、そう言ってたのよ」

「僕じゃないよ。誓ってもいい」

「あてにならない。プレイボーイで鳴らした人の『誓い』なんて」

ふと――絹子は、我に返った。つい、大学時代のような口をきいてしまった。

マンションが、目の前だ。

「ここよ」

と、絹子は、足を止めた。

「いいマンションだね」

と、見上げた戸部が言った。「どうもありがとう。助かったよ。結構離れてるものな」

「そうね。――夜になると、道を訊く所もないし」

ロビーへ入ると、絹子は、「そこの郵便受に名前が出てるわ」

と指さした。

「ゆっくりお話ししたいけど、私もお客を待ってるの。――また、もしここへ来ることがあったら、寄って」

「ありがとう」

戸部は微笑《ほほえ》んだ。――少しくたびれてはいるが、学生時代と変らない笑顔に見えた。

「私、今は田崎というのよ」

戸部が、一瞬、目を見開いた。それを見て、絹子も、

「まあ。まさか――」

と言ったきり、絶句した。

二人は、しばらく黙って立ち尽くしていた。

「――驚いた」

と、絹子が、やっと笑顔に戻った。「じゃ、あなたが主人のお客様？　偶然ね！」

「全くだね」

「それじゃ……。どうぞ、ご案内しますわ」

少しオーバーに、おどけて見せる。

「――いいんだ。気をつかわないでくれ」

戸部が、コーヒーを出す絹子に言った。

「だって、大事なお客様ですもの」

「急にそんな風に他人行儀にされると、困るよ」

絹子は、ソファに腰をおろした。――ついさっきは、まるで学生時代に戻ったように、楽しく話していたのに、今は、一向に弾まないのだ。

「もう、帰ると思うんだけど、主人も」

と、絹子は時計を見た。「忙しいから、毎晩遅いわ」

「君は？」

「私？」

「出歩いたり、友だちと会ったり、しないのかい」

「そうね……」

絹子は、意味もなく両手を握り合せていた。「でも、お友だちも、たいてい今は子育てで忙しいのよ」

「そうか」

戸部は肯《うなず》いた。「子供は——いないの？」

「ええ。まだ。そろそろほしいなと思ってるけど。こればっかりはね」

と照れたように笑って、「戸部さんは？　結婚して——いるんでしょ？」

戸部は、コーヒーカップを手に取った。

「一応ね」

「子供さんは？」

「二人いる」

「まあ。にぎやかね」

「そうだな。——しかし、大変だよ。生活して行くっていうのは」

「だけど、楽しみがあるじゃない。そりゃあ……こうして二人でのんびり暮してるのも、悪くないけど」

戸部は、ゆったりとソファにもたれて、絹子を眺《なが》めた。――奇妙に優しい、そして哀《かな》しい眼差《まなざ》しだった。

絹子は、ちょっと目を合わせたが、急いでそらしてしまう。どこか、きまりの悪い視線だった。

電話が鳴った。絹子はホッとして、

「きっと主人だわ」

と、立って行った。「――はい、田崎でございます」

向うが、一瞬、沈黙した。

「もしもし？」

と呼ぶと、少し間があって、夫の声が聞こえて来た。

「やあ、僕だ」

「あなた。もう帰れるの？」

「そうだな。いや――もう少しかかりそうだな。お客はまだ来ないかい？」

「いいえ、もうみえてる。お待ちよ」

「そうか」

「あの――電話、代る？」

「いや、いいよ。もうすぐ帰るから」

「そう？　じゃ早くね。お待たせしては悪いわ」

「うん、分ってる。――大事な客だ。よろしく頼む」

田崎は、電話を切った。

「――ごめんなさい。もうすぐ帰ると言ってたわ」

ソファに戻って、絹子は言った。

「時間はあるよ」

「でも――変だわ」

と、首をかしげる。

「何が？」

「主人。――お得意先の接待と言ってたのに、ちっとも酔った声をしてなかったわ」

戸部は、肩をすくめて、

「接待してると、いくら飲んでも酔えないものさ」

「そうかもしれないわね」

絹子は、ちょっと笑った。「でも、あなたのこと、『大事なお客』って言ってた。――おもてなししなきゃ」

「疲れてるようだね」

戸部が思いがけないことを言った。絹子は、ちょっとハッとした。

「私？——そうかしら。別にそんなことないけど」

「幸せそうに見えない」

絹子は、少し上目づかいに、戸部を見つめた。戸部は首を振ると、

「すまない。余計なことを言ったよ。関係ないのにな」

「いいの」

絹子は、視線をそらしつつ、言った。「幸せっていっても——比較の問題でしょ。私より幸せな人から見れば不幸だし、不幸な人から見れば幸せだし……。私は主人のこと、愛してるもの。一緒にこうしていられるんだから、幸せよ。そりゃあ、主人の方は、仕事も忙しいし、疲れて帰って来るから、いつも優しくしてくれるとは限らないけど、でも、そんなことで文句を言ってたら、どこの夫婦だって、うまく行かないんじゃないかしら」

言い訳めいて聞こえるかもしれない、と思って、言葉を切った。戸部の方は、黙ってコーヒーを飲んでいる。

「まあ、私ったら。——せっかく、ケーキを買って来て、出すの忘れてる。いやだわ、本当に。いつもこうで、主人に怒られるのよ」

と、笑いながら、立ち上りかけるのを、

「大野さん」

と、戸部が呼び止めた。

「私は、田崎よ」

と絹子は言った。

「ご主人は、今夜、お得意の接待なんかじゃないよ」

絹子は戸惑った。

「どういう意味なの？」

「今日は少し遅くなる、と聞いた。——女の所へ寄るから、と」

絹子は、逃げるように、台所へ立って行った。冷蔵庫へ入れておいたケーキの箱を出して、ケーキ皿を用意する。

「——絹子さん」

戸部が、傍《そば》に来ていた。

「座ってて。お客様が台所なんかに入って来ちゃいけないわ」

「絹子さん」

「戸部さん……」

絹子は、戸部を見た。その目に光るものがあった。

「座っていて。——すぐ仕度しますから」

と、絹子は言った。「お願いよ」

戸部は、ゆっくりと息を吐き出した。そして、クルリと背を向けると、足早に玄関の方へ歩いて行く。

「戸部さん」

絹子は呼んだ。しかし、動こうとはしなかった。

玄関で、靴《くつ》をはいている音がして、ドアが開き、また閉じた。足音が、遠ざかって行った。

3

絹子は、ぼんやりとソファに座っていた。

——夫は、まだ帰らない。

戸部が出て行ってから、三十分たっていた。

テーブルには、ケーキをのせた皿、そして冷めたコーヒー……。

あの人が帰って来て、「大事な客」が帰ってしまったと知ったら、どう思うだろう？

何といって説明すればいいのだろうか。

ただ、戸部が昔の知り合いだったと話しても、それでは説明にならない。

それに、絹子自身、なぜ戸部が出て行ってしまったのか、よく分らなかったのだ。

夫に、女がいる。――戸部はそう言った。

でも、なぜ戸部がそんなことを知っているのだろう。田崎が、仕事の「お得意先」に、そんなことをしゃべるだろうか？

でも、戸部の言葉は嘘《うそ》でない、と絹子は思っていた。だからこそ、笑い飛ばすことも、泣くこともできなかったのだ。

夫に女が……。恐らく、絹子自身、自覚していないまでも、薄々感じていたことではあったのだ。

怒りも、嫉妬《しっと》もない。ただ、深い疲労感と、虚《むな》しさがあるばかりだ。

疲れた、と思った。ソファに、そっと身を横たえる。

たぶん、夫ももうすぐ帰って来るだろう。軽く、お茶漬でも食べると言うかもしれない……。

いつしか、絹子は眠りに落ちていた。そして――目を開くと、ほとんど息のかかりそうな間近に、男の顔があった。

「戸部さん」

ハッと体を起こす。――戸部は青ざめて、異様なほど緊張した表情だった。絹子は、本能的な恐怖を感じた。

「戸部さん……」

不意に、戸部の緊張がほぐれた。笑みさえ浮かべて、

「君の寝顔は昔の通りだ」

と言った。

「寝顔？」

「僕はいつも想像していたものさ。君の寝顔をね」

「あなたが……」

「その想像の通りの寝顔だったよ」

と、戸部は言った。「これでもう二度と君の前には現われないと思う。——元気で」

「あの——戸部さん、待って」

ソファから立ち上る絹子を、激しく拒むような勢いで、戸部は出て行った。また玄関のドアが開き、閉った。

ぼんやりと立ち尽くしつつ、絹子は、玄関の鍵《かぎ》をかけておいたのに、どうやって戸部が入って来たのだろう、と不思議に思っていた……。

——その夜、田崎は帰らなかった。

朝になって、絹子は少しウトウトした。

これまで、遅くなることはあっても、夫が全く帰らなかったのは、これが初めてだ。しかも、電話一つない。

九時近くになって目が覚めた絹子は、どうしたものかと考え込んでいた。

玄関をノックする音がした。――夫ではない。夫なら、ノックしたりしないだろう。

ドアを開けると、立っていたのは制服の警官だった。

「田崎さんの奥さんですね」

と、その警官が言った。

「はい」

絹子は、不安になった。「あの――夫に何か」

歩いて五分足らずの、道のわきの茂みの奥に、夫は倒れていた。

人が何人か集まっている。もちろん、出勤途上の勤め人は、もう出かけてしまっているので、大体は近所の主婦。絹子が見憶《みおぼ》えのある顔も、二つ三つ、あった。

よく晴れてはいるが、寒い朝である。吐く息は白い煙のように広がって、しばらく漂っていた。

「――ご主人ですか」

と、刑事が布をめくって、顔を見せた。

「はい」

と、絹子は、微《かす》かな声で答えた。

「間違いありませんか」

「はい」

「お気の毒です」

刑事が、至って事務的な口調で言ってくれたのが、却《かえ》ってありがたかった。

「一体何があったんでしょう？」

「強盗でしょう。財布が失《な》くなっているし、争った形跡がある。もみ合っていて、刺されたんでしょうね」

「強盗……」

「いつも財布にいくらぐらい入れておられました？」

「さあ……。そのとき次第で……。でも、四、五万はたぶん……」

「四、五万ね」

刑事は、首を振った。「それで殺されちゃ、やり切れないな」

絹子は、ぼんやりと夫の死体を見下ろして立っていた。

夫の死体……。頭では分っていても、何一つ実感できてはいないのだった。いや、絹子は、朝の、凍るような寒さばかりを感じていたのだった。

「ちょっとお話を伺わせていただけますか」

と、刑事が言った。「こんなときに、恐縮ですが」

――悲劇的な状況の中では、人間は寛大になる。絹子は、その刑事を家まで連れて行って、お茶を淹《い》れた。

「――すると、ゆうべは、お得意先の接待だったんですね」

と、刑事は、絹子の話をメモに取りながら言った。

「そう言っていました。遅くなるから、と」

「なるほど」

と、刑事は肯いた。「これはまあ――念のためですが、ご主人を恨んでいる人間とか、お心当りはありませんか」

「とおっしゃると……」

「つまり、万一、強盗でない、という可能性があるとしたら、という意味です」

「まあ。それは――」

と言いかけたとき、電話が鳴り出した。「ちょっと失礼します」

絹子は、急いで受話器を取り上げた。

「はい、田崎でございます」

少し間があって、

「絹子さん。戸部です」

「まあ」

「もう、聞いたかな」

「何のこと？」

「ご主人のことだ」

「ええ。でも……」

「やったのは僕だ」

と、戸部は言った。「僕がゆうべ何のために君の所へ行ったか、分るかい？　君を殺しに行ったんだ」

　絹子は、ただ黙って、聞いていた。

「僕は金が必要だった。女房や子供のためにも。――何でもやる気だった。そこへ君のご主人が持ちかけて来たんだ。僕の妻を殺してくれないか、と。何百万も出す、というので、引き受けた。ご主人に容疑がかからないように、レストランでわざとマンションの場所を訊いたりして、怪しい男を見た、という証人を作ったりした。それも君のご主人のアイデアだ」

　戸部は、苦々しく、しかし、笑いを含んだ声で、「ところが、会ってみると、殺す相手は君だった。もちろん、前から知っていたわけじゃないよ。――僕は迷った。学生時代、僕は君に惚《ほ》れていたから。本当だ」

「ええ……」

「僕にはやれない、と思った。一旦、そこを出て、外で、君のご主人が帰って来るのを待っていた。ご主人は、僕をなじった。金が欲しくないのか、と言った。――僕は、もう一度、そこへ行った。ご主人の鍵で、中へ入ってね。君は眠っていて――僕は君の上にかがみ込んで殺そうとした。しかし、できなかったよ。君の寝顔は、本当にあどけなかった……」

戸部は、少し間をあけて、続けた。「僕は、外で待っていたご主人の所へ行って、やはりできない、と告げたんだ。君のご主人は、僕につかみかかった。――争って、つい刺してしまった。君を刺すはずだったナイフでね。結局……こんなことになって、済まないと思ってる。しかし、あの男は君の夫にふさわしい男じゃなかったよ。だから僕は、自分のしたことを後悔していない。――もう会うことはないと思うけど、幸せになってくれ」

「ありがとう……」

絹子は、そっと受話器を置いた。そして、

「――失礼しました」

と、ソファに戻って、刑事へ言った。

「いや……」

刑事は、お茶をすすってから、「それで――どうでしょうか」

と言った。

「え？」

「ご主人を恨んでいる人間のお心当りはないか、ということです」

「ああ、そうでしたわね。すみません」

絹子は、少し考えてから言った。「思い当りませんわ。主人は、他人に恨まれるような人ではありませんでしたもの」

――窓から射《さ》す陽《ひ》が、やっと暖かさを運んで来ていた。

遅刻して来た幽霊

1

〈この恨みは、死んでも必ず残る。

きっと、化けて出てやる。取りつき、呪《のろ》って、たたってやる。

その時になって、いくら泣いたって、許してやるもんか。

いいか、必ず貴様を呪い殺してやる〉

——何だか大昔のお芝居のセリフのような大げさな文句だが……。いや、これがお芝居のセリフなら構わないのだ。

でも、これは現実に残された「遺書」の文句で、しかも——。

「やり切れないね」

と、徳田実子《とくだじっこ》は言った。

やり切れないのが、六月にしてはもう真夏のような、この暑さなのか、そんな日に黒いワンピースを着て歩いてなきゃいけないことなのか、それとも、大学を出て、やっと二か月の新入社員が、先輩にいじめられたからといって自殺してしまったことなのか……。実子自身にもよく分っていなかった。

「そうですね」

と、答えたのは、徳田実子から半歩遅れて歩いている、水木《みずき》貞代《さだよ》である。

少し風でも吹けばいいのに……。実子は、ピクリとも動かない街路樹の葉を恨めしそうに見上げた。

スラリとして、背の高い実子に比べると、小柄《こがら》で全体にふっくらした水木貞代は、もっと暑さに弱いように見えるが、しかしあまり汗はふき出していなかった。実子の方が、よほど汗をかいている。

「――ね、そこに入ろうか」

小さな喫茶店を見付けた実子は、貞代の方を振り返った。

「そうですね」

大体、貞代は、こういう時に、いやだとは言わない娘《こ》である。

何となく、ちょっとわびしい感じの店だったが、お葬式の帰りに入るにはちょうどいい店、という気もした。

「――冷房入ってるだけでもいいや」

と、実子は息をついた。

「そうですね」

貞代は、店の表の方へ目をやって、「――課長さん」

「え？」

実子は振り返った。「――あら、本当だ。入って来るかなあ」

「私たちが入るの、見てらしたでしょうからね」

「そうね。――ま、いいけど。おごらせてやる」

実子は、ニッコリ笑って、「課長さん」

「やあ」

課長の大崎《おおさき》が、入って来ると、二人の方へやって来た。「ちょうど、君らの入るのが見えたんだ。――構わないか？」

「どうぞ」

若い女の子にも、こうして気をつかうのが、大崎の性格で、だから評判は悪くないが、その代り頭も薄くなるわけだった。

「――やれやれ」

大崎隆一《りゅういち》は、ハンカチで額を拭《ぬぐ》うと、「蒸し暑いね。――アイスコーヒー」

と注文して、ブラック・タイをむしり取るように外し、ポケットへねじ込んだ。

「他の人たちは、先に帰ったんですね」

と、貞代が言った。

「うん。今日は午後から野球大会だろう。そっちへ行ったんだ」

「あ、そうか」

実子は肯《うなず》いて、「田代《たしろ》さんも、野球部、入ってたんですか」

「いや、誘われたが、断ってたようだ。少し、ああいうことをやっとけば良かったんだがな」

大崎は首を振った。

「こんなことって、前にもありました？」

――徳田実子は、二十二歳。短大を出て、〈K貿易〉に入社して一年余り。外国との間の英文の手紙のやり取りが仕事である。

辞書を片手に、向うから来た手紙を訳したり、こっちから出す手紙を英訳したり。――学生時代の延長みたいなものである。

「いや、よく『五月病』とかいって、沈み込んじまったりするのはいるが、自殺、となるとね」

大崎は、ため息をついて、「かなわんよ、全く」

「しかも、あんな遺書を……」

「うん。――いやな気分だ。本当にその内、化けて出るかもしれないな」

三人とも、アイスコーヒーだった。大崎はミルクとガムシロップを入れ、実子は何も入れない。水木貞代は、ミルクだけ入れて飲んでいた。

「――化けて出なくても」

と、貞代が言った。「あのお母さんが、ワラ人形に釘《くぎ》を打ち込むかもしれませんよ」

「そうね。凄《すご》い目でにらんでた」

「俺《おれ》は目を合わせなかったよ」

大崎は苦笑して、「気持は分るが……。こっちを恨まれてもね」

――自殺したのは、田代克彦《かつひこ》という新入社員だった。今年大学を出て、春から勤め出したばかり。

実子と同じ年齢だが、社会人としてのキャリアの差は別としても、どこか子供っぽさの残る青年だった。ひ弱というのか、甘えん坊の顔立ちで、それはそれなりに、女子社員からは、

「可愛《かわい》いね」

と、言われていたのだ。

「でも、分んないな」

と、実子は考え込んだ。「死にたくなるほどいじめた人なんて、います？――そんな話、聞いたことないけど」

「俺も知らんよ」

と、大崎は肩をすくめた。「ま、今の若い奴《やつ》は、ちょっと注意されただけで、プライドを傷つけられちまうらしいからな。あいつもそうだったんじゃないのか」

「でも、死んじゃうほどですもの。やっぱり何かよほどのことが……」

「俺のせいだって言うのか？」

と、大崎が情けない顔で、「俺はお化けは嫌《きら》いだ」

「でも、課長なんですから」

「管理職手当に、『お化け手当』は含まれてないぞ」

大崎は、真面目《まじめ》な顔で言った。

「――あら。見て下さい」

貞代が表の方へ目をやって言った。

やはり葬儀に出て来たのだろう、黒いスーツの女性が、足早に通り過ぎて行く。

「何だ、神田《かんだ》女史じゃないか」

大崎が、ちょっと意外そうに、「彼女、どうして来たんだろう？」

神田多恵《たえ》は、三十代半ばの独身女性で、大崎とは違う課だが、係長のポストにいる。会社にいる時と同様、暑さなどまるで感じないように、きびきびした足取りで、たちまち喫茶店の前を素通りして行ってしまった。

「むだな時間なんて、ありません、って感じね」

と、実子は言った。

「でも、お焼香の時には見かけませんでしたね」

と、貞代が言った。

「じゃ、終り間際《まぎわ》に来たのね、きっと」

――それきり、三人ともあまり話さなかった。やはり、お葬式の帰りというのは、話の弾む雰囲気《ふんいき》ではないのである……。

しかし、ともかく田代克彦は自殺し、会社の方としては、検討した結果、少々の見舞金を出して、総《すべ》ては終ったのだった。

少なくとも、この時は、誰もがそう思っていたのだったが……。

2

「あら、こぶ茶？」

朝一番、出されたお茶を飲もうとして、実子は思わず言った。

「ええ。お嫌いですか」

と、水木貞代が足を止める。「それなら、普通のお茶と替えますけど」

「ううん。好きよ。でも、珍しいから。――持って来たの？」

「たまには、と思って」

貞代は微笑《ほほえ》んで、「それに課長さん、お好きなんですよ」

「へえ、よく知ってるのね。――さては、課長と不倫の恋？」

「好みじゃありません」

と、貞代はアッサリと言った。「ただ、このところ、元気ないでしょ」

「そうね。――うん、それは気が付いてた」

実子は、始業のチャイムが鳴って、まだ空席のままの大崎の席へ目をやる。以前には、こんなことはなかった。九時五分前には、必ず仕事を始めていたものだ。

「少し、気分をかえていただこうと思って」

貞代は、大崎の席へとお茶を運んで行った。ちょうど席の電話が鳴る。貞代がパッと取って、

「渉外二課です。――課長ですか。みえてますけど、今、席には……。捜しましょうか？」

――実子は、のんびりと欠伸《あくび》をしながら、訳しかけて三日ほど放り出してあった手紙を取り上げた。

「せめてタイプで打ってほしいわね」

アフリカの方の、あんまり聞いたことのない国からの手紙で、手書き。しかも、文法、

スペルもめちゃくちゃ。

こういうのを見ていると、自分の英語力も捨てたもんじゃない、と自信はつくが、意味を取るのに四苦八苦である。

「――はい、じゃ戻られたら、そう伝えますから」

貞代が受話器を置く。

ちょうど書類を持って来ていた他の課の男性が、

「おっ、こぶ茶か。いいなあ」

「飲みます？」

「頼む。うちの課じゃ、自分でいれるんだぜ」

「さし上げますから、ご自分でどうぞ」

と、貞代は笑って言った。

――そう、あの子、本当によくできてる。

実子は、いつも貞代を見ていて、感心してしまう。

あの男性に、一杯お茶を出してやるぐらい、簡単だろうが、その課の女性から見れば、当てつけがましく見えるだろう。

そういう点、貞代は実によく気が回るのである。とても十八歳には思えない。

もっとも、水木貞代は、社員としてはもう三年近くここにいるので、実子より大分長いのだ。今では珍しい、中卒の社員だからである。

人づてに聞いた話では、貞代が高校へ入ったとたん、父親の会社が倒産し、借金取りに追われて、父親はノイローゼになって自殺、母親も後を追うように亡《な》くなってしまったということだ。

貞代は妹と二人で、取り残されてしまった。この会社に、コネも何もなしで、行き当りばったり飛び込んだ貞代を、ちょうど人事の部長が気に入って、お茶くみ、お使い、雑用の専門（?）に、と雇ったのである。

だから一応は実子と同じこの渉外二課の所属だが、コピーとか、来客のお茶出しなどは、どこの仕事でもこなす。また、よくまめに働くし、頼まれたことは決して忘れない。

実子とはいつもお昼が一緒で、仲良くしているが、一人っ子で甘えん坊の実子から見ると、四つも年下の貞代の方が、よっぽど大人に見えた。妹は今高校へ通っているということで、生活も落ちついてはいるようだが、それでも、月給だけで足りなくて、親から小づかいをもらっている実子には、ちょっと想像のつかない苦労もあるだろう。

ただ、貞代のいいところは、そんな生活の苦労を、全く感じさせないことである。どっちかといえば無口だが、無愛想ではないし、仲間のおしゃべりにも加わる。——ま、たいていは聞き役だったが。

「さて、やるか……」

九時を十分も過ぎてから、やっと実子は、例の暗号に近い手紙に取り組むことにした。

——しばらく辞書と首っぴきで、でたらめなスペルと格闘していたが、

「実子さん」

と、低い声が耳もとでして、顔を上げた。

「どうしたの？」

貞代が、いやに深刻な顔で、

「ちょっと」

と、言った。

「うん」

立って行って、二人は廊下へ出た。

「課長さん、まだ戻らないんです」

と、貞代が言った。

「じゃ、トイレでも——」

と言いかけて、実子は腕時計を見た。「もう九時半なんだ」

「朝みえてたのに。——おかしいと思いません？」

「そうね……」

「トイレも男の人に見てもらいました。ロッカーには靴《くつ》がそのままです。外出でもないん

です」

「会議室とか――」

「全部、捜しました」

貞代なら、決して見落とすまい。

「変ね、どこに行ったのかしら?」

と実子は首をかしげた。

「さっき、お宅から電話が」

「奥さんから?」

「ええ。主人は大丈夫でしょうか、って。何だか今朝はいやにふさぎ込んでたらしいんです。具合でも悪いんじゃないかって」

「だけど――」

実子は、そう言いかけて、言葉を切った。どう考えていいのか、見当がつかなかったのだ。

「心配だわ」

と、貞代は首を振った。

「大丈夫よ。きっと、ムシャクシャして、その辺でコーヒーでも飲んでるんじゃないの?」

「気になるのは……。父が、あんな風だったんです。その前、二、三日の間」

「――まさか」

実子も、やっと貞代の心配していることを理解した。「課長がどうして？」

「分りませんけど。――ちょっと下へ行ってみます。受付の人が見かけてるかもしれません」

「私も行く」

〈K貿易〉は、この貸ビルの四階から六階までを使っている。渉外二課は五階に入っていた。

二人はエレベーターで一階に下りると、ビルの入口の方へ歩き出したが、

「ちょっと――」

と、貞代が足を止め、それから、わきの方へ走って行った。

どうしたのかと実子が待っていると、貞代はすぐ戻って来て、

「――非常階段で足音がしたんで」

と言った。

「誰かいたの？」

「分りません。間に合わなくて」

と、貞代は首を振った。「行ってみましょう」

ビルの受付といっても、そう大きなビルではないから、美人の受付嬢がいるわけではな

い。もう大分くたびれたような七十近い老人が座っているだけだ。

実子たちが行ってみると、高校生ぐらいの女の子が二人、受付の所に立って、何やら話している。

「だって――ねえ」

「うん」

と、二人で肯き合っているが、受付の窓口の中の老人は、ぶすっとしているだけだ。

「――今日は」

と、貞代が声をかける。

「やあ、あんたか」

老人が、貞代を見てホッとしたように言った。

「大崎さん、見かけませんでした？」

「大崎？」

「うちの課長です」

「ああ、あの禿《は》げた……。朝、来たのは見たような気がするけどね」

「その後、出て行きませんでした？」

「さあね……」

と、首をひねる。

　大体、受付といっても、いつもいるわけじゃないし、よく眠っているから、あまりあてにはならないのである。

「そうですか」

　貞代は、ちょっと目を二人の女の子たちの方へやって、「どうかしたんですか？」

「いや、何だか、変なことを言って来てね」

　と、老人が顔をしかめる。「こっちは忙しいんだよ」

「眠ってたくせに」

　と、女の子の一人が呟《つぶや》いたので、実子は思わず笑ってしまった。

「——何かご用？」

　と、貞代が訊《き》くと、女の子たちは顔を見合わせてから、一人が思い切ったように、

「あの——見たんです、今、前を通ってて」

「何を？」

「人が飛び下りたの」

　実子と貞代は、素早く目を見交わした。

「どこから？」

「このビルの天辺《てっぺん》。——そう言ってんのに、信用してくれないんだもん」

「年寄りをからかってるだけだよ」

と、老人は相手にしない。

「どの辺から飛び下りたの？」

と、貞代は訊いた。

「このわきの方」

と、女の子が指さした。

「通りがかりの人が気が付くよ」

と、老人が言った。「誰も騒いでないじゃないか」

貞代は、その方向へ目をやって、

「下に植込みがあるわ。あの奥なら、目につかない」

と言った。「実子さん――」

「行ってみましょう」

まさか。――まさか、そんなことが。

駆け出しながら、実子はまだ半信半疑だった。いや、頭で、本当かもしれないと思いつつ、信じたくない気持の方が強かったのだろう。

――植込みの奥に、まるで暑い日射《ひざ》しをさけるようにして、体を妙な格好にねじった大崎を見付けても、何だか実感がなかった。

「死んでる？」

と、実子は分り切ったことを訊いていた。

「ええ」

貞代は、少し青ざめていたが、しっかりした声で、「急いで一一〇番してもらって下さい」

と言った。

「分ったわ」

「それと、あの女の子たちにお礼を言って下さいね」

そうか。そんなこと、考えもしなかった。

実子は受付に戻って行くと、

「おじさん、急いで、一一〇番！」

と、言った。

「どうして？」

老人はポカンとしている。

「大崎さんが死んでるの。——早くしてよ」

「いや……だけど……。そうかね。でも、やっぱり、一応上の人に訊いてから——」

「そんなこと言ってる場合じゃないでしょ！　早く一一〇番して！」

「いやだよ。わしゃ、そんなこと知らん」

老人の方は、ただぼんやりしているだけなのだ。どうしていいか分らないのである。

「電話、貸して！」

実子は、手をのばして、老人のわきにある電話をつかんだ。

一一〇番して、ビルの名前と場所を説明しながら、やっと実子も大変なことになったと実感し始めていた。

でも、実子も相当にショックを受けていたのだろう。あの二人の女の子に礼を言ったのは、結局貞代だったからである。


「男の人からの電話？」

と、実子は訊き返していた。

「ええ……」

大崎の未亡人は、疲れ切った様子で、肯いた。

「それ、どういうことですか」

と、貞代が顔を上げる。

「よく……分らないんですけどね」

もう四十五、六になるだろう、未亡人は、手の中で、無意識にハンカチを握りしめていた。

――七月も、もう末に近い。

通夜《つや》の席にもクーラーが入っていた。そうでなくては、とてもいられまい。

ここは大崎の家の台所。小さなテーブルが置いてあり、今、その上は、通夜の客に出したお茶やお寿司《すし》の器などで一杯になっている。

貞代と実子は、昼間から来て、手伝っていた。――正確に言うと、手伝っていたのは貞代の方で、実子はどうしていいのかよく分らず、ただウロウロしているだけだったのだが。

ともかく、大崎は直接の上司であり、こんな時には、せめて気持だけでも手伝おう、と実子も考えたのである。

通夜の客も、ほぼ十時過ぎには帰って、ホッと一息ついたところだ。

明日は告別式。――朝から、課の人間たちがみんなやって来て準備することになっている。

「――お母さん」

と、顔を出したのは大崎の一人娘だった。「叔父さん、帰るって」

「そう。今行くわ。――佐知子《さちこ》、お二人に何か冷たいもの、差し上げて」

「はい」

白と紺のセーラー服姿の佐知子は、十六歳のはずだった。

「あの――」

いいです、と実子は言おうとしたが、貞代が、

「すみません。ちょうど喉《のど》が渇いてて」

と、遮《さえぎ》った。

「コップ、下げて来ます。これじゃ足らないわ」

佐知子が母親の後から、急いで出て行くと、貞代が言った。

「こんな時は、却《かえ》って何か仕事があった方がいいんです」

そんなものか。——実子は、貞代も父親が自殺したのだった、と思い出した。

佐知子は、すぐに盆を手に戻って来ると、空のコップを二つ、手早く洗って、コーラを注《つ》いで出してくれた。

「ありがとう」

と、実子はコップを手に取った。

「大変ね」

と、貞代は言った。「でも、頑張《がんば》って」

「はい」

佐知子は、うつむいたまま、しばらく立っていたが、やがて、何か思い切ったように、椅子《いす》を引いて座った。「——徳田さんと、水木さんでしたよね」

「ええ」

「父がよく話してました。うちの課は女の子の方が、よほどしっかりしてるって」

「そう……」

実子は、何だか照れくさかった。

「力を貸して下さい」

と、佐知子が言った。

「そりゃ――私たちでできることなら」

「犯人を見付けたいんです」

「犯人？」

と、貞代が訊き返した。「それ、どういうこと？」

「父は殺されたんです。何とかして、敵《かたき》を取ってやりたいんです」

佐知子の目から涙がこぼれた。

3

「――たたりかあ」

実子は、そう呟いて、首を振った。「まさか、ね」

「そんな馬鹿《ばか》な話、ありませんわ」

と、貞代がいつになく強い調子で言ったので、実子はびっくりした。

大崎の家からの帰り。電車の中は、冷房が入って、少し寒いくらいだった。もう十一時を回っているので、車内はガラ空きだ。

「――すみません」

と、貞代は、ちょっと照れたように言って、「でも、一つ、はっきりしてることがあります」

「なあに？」

「幽霊には、電話がかけられません」

「そうね」

「それに、田代さんが死んだのは、誰かにいじめられたせいだとしても、課長さんが直接いじめたわけじゃないんですもの。――管理職としての責任はあるとしても、化けて出るなら、いじめた人の方でしょ」

「でも、若い男の声で、電話があった、って……」

「その都度、大崎さんが青ざめていた、っていうのは本当でしょう。でも、もし、それが田代さんと名乗る男だったとしたら、そんな風に怯《おび》えていませんよ。いたずらだと思って、怒って怒鳴りつけるでしょう」

「課長ならそうよね」

と、実子は肯いた。「じゃ、どういうことになる？　課長は奥さんに――」

「田代さんだと言った。でも、正確にはそうじゃなかったんです」

「というと？」

「だから、私、その時のやりとりを、しつこく訊いたんです」

そう……。実子も思い出してみた。未亡人、大崎兼子《かねこ》の話した通りだと……。

「私、主人が真青になっているので、びっくりしました。『誰からだったの？』と訊いても、主人は、ただ、『まさか――そんなはずはない』と言うばかりで……。私、『あの、この間の自殺した人のこと』って訊いたんです。すると主人はじっと私を見て、『そう名乗ったんだ』と言いました……」

――実子は、ゆっくりと肯いて、

「何となく分って来たわ」

「ね？　田代さんのこと、言い出したのは、奥さんの方だったんですよ。課長さんは、それを肯定しただけ」

「じゃ、他の誰かだったわけね」

「その相手のことを、課長さんは奥さんに知られたくなかったんです。だから、田代さんからだということにしておいたんでしょう」

「なるほどね」

実子は息をついた。「だけど――それなら犯人の捜しようがないじゃないの。田代君のことで課長を恨んでた人間、というのならともかく、全然別の動機だとしたら」

「でも、その男は、課長さんに何度も電話して来ているんですよ」

「でも、家にはその一度だけでしょ」

「ということは、会社へもかけているっていうことです。――私、庶務の娘《こ》から聞きました。外出先で、課長さん、やっぱり若い男からの電話で、青くなってたそうです」

「へえ」

それは実子には初耳だった。

「自宅や会社の電話番号は、調べれば分るでしょうけど、外出先がどこか、までは分るはずがありません」

「それはそうね」

「課長さんを追い詰める効果はあったんでしょうけど、犯人も逆に尻尾《しっぽ》を出したわけです」

「というと？」

「会社の中に、協力した人がいる、っていうことです」

実子は、貞代の言葉に目を丸くした。貞代は、立ち上って、

「じゃ、私、ここで。明日、朝から行ってますから」

と、一礼して、電車を下りて行く。

実子は、ポカンとして、動き出した電車の窓越しに、ホームを急いで歩いて行く貞代の姿を眺《なが》めていた……。

「もう、大崎さん、って呼ばなきゃいけないんだわね」

と、言ったのは神田多恵だった。

そういえばそうだ。実子は、今日から新しく、渉外一課の係長だった平川が、二課の課長になったことを知らされていた。

――暑い日だった。

出棺を待っている人たちも、みんな、陽《ひ》なたを避けて、木の影の中に入って立っていたが、それでも汗が光っている。

実子は、やせている割には汗っかきなので、受付の方は貞代に任せて、少し日陰にさがっていた。たまたますぐ隣に、神田多恵が立っていたのである。

「そろそろ、焼香も終りでしょう」

と、神田多恵が言った。

急ぎ足でやって来て、駆け込むように、受付にお香典を置き、中へ入って行ったのは、いやに太った男で……。

「あの人、誰？」

と、実子は、貞代の手もとを覗《のぞ》き込んだ。

「うちに出入りしてる、印刷屋さんですよ」

「あ、そうか。見たことあると思った」

「私、いつもお茶を出すから、知ってるんです」

「そろそろね、きっと」

「ええ、もう時間ですし……」

入って行った印刷屋は、すぐに出て来て、

「いや、どうも」

と、汗をふきふき、おかしいようなボーイソプラノの声で言った。「お気の毒なことでしたねえ。大崎さんには、ずいぶんお世話になってたんですが」

「ご苦労様です」

と、貞代は頭を下げた。「野口さん、営業の途中に？」

「ええ。――まあ、しかし当然ですよ」

野口という印刷屋は、息を弾ませて、「せめてお見送りさせていただかなきゃ、ばちが当る」

汗をふきふき、野口は、他の人たちの間に入って行った。

――出棺に従って、出て来た未亡人と、娘の佐知子は、もう涙もかれた、という様子だった。

実子は、大崎の親類の男が挨拶《あいさつ》する間、少し後ろにさがって、立っていた。――こういう雰囲気がやりきれないのだ。

気が弱いのか、それともデリケートなのか、涙もろいところを、あまり会社の人の前でさらしたくない、という気持もあった。

もちろん、会社の人だけでなく、このご近所の人も、何人か出て来て、遠巻きに眺めている。

車の音がして、実子は振り向いた。

宅配便のトラックである。お葬式とあっては仕方ない。停《とま》って待つことにしたらしい。

実子は、そのトラックから目を戻そうとして――ふと、一つの顔を見ていた。

近所の人たちが何人か固まっている、その向うに、チラッと顔だけが見えている。――白いワイシャツ、ネクタイ……。

「――田代君」

と、実子は呟いた。「まさか！」

目をつぶり、頭を振る。もう一度目を開けると、もうその顔は見えなくなっていた。

――火葬場へ向う車の列が見えなくなると、集まっていた人たちも、散り始める。

「徳田さん、帰らないの？」

神田多恵が珍しく声をかけて来た。

「あ――あの――」

「どうしたの？　まるで幽霊でも見たような顔してるわね」

「ええ……。今、見たんです」

と、実子は言った。

「何を？」

「田代君を……」

「誰ですって？」

「田代君です。――そう見えたんです」

「まあ」

神田多恵は、ちょっと笑った。「じゃ、化けて出たのかしら、本当に」

「まさか。でも――」

「いいじゃないの。お化けぐらいで、仕事を止《や》めるわけにはいかないわよ」

神田多恵の言い方に、実子はムッとしたが、

「私、片付けを手伝って行きますから」

と、一礼して歩き出す。

「二課の人はいいわね、暇で」

と、神田多恵が、聞こえよがしに言うのが、実子の耳に入って来た。

もちろん、頭には来たが、言い返すのも大人げない。実子は、受付を片付けている貞代の方へ歩いて行った。

「――手伝うわ」

「すみません。じゃ、お香典の袋を中へ」

「はい」

二人は、大崎の家の中へ入って行った。

「ねえ、貞代さん、今、私ね――」

とても黙ってはいられない。実子は、田代そっくりの男を見た、と話した。

「本当ですか？」

と、貞代が目を丸くする。

「チラッと見ただけだからね。そりゃあ、他人の空似ってことも、ないとは言えないけど、でも、そんなに似た人が、たまたまお葬式に来るなんて、考えられる？」

「だって、それじゃ本当の幽霊だと？――実子さん、田代さんをいじめたんですか」

「よしてよ。私、そんな暇な人じゃないのよ。神田女史はそう思ってないみたいだけどね」

「神田さん、どうかしたんですか」

「今、ちょっとね」

何だか、あっちこっちと話が飛んでしまう。実子は、いやになってしまった。まだ十八歳の貞代が、あんなに理路整然と話をするのに、二十二にもなる自分の方は……。

「――ねえ、どうするの？」

と、実子は、大崎家の台所へ来て、言った。「大崎さんの娘さんに頼まれたこと。――でも、どうやったら、犯人が見付けられるのか……。それに、誰が電話をしてたのか、もし分ったとしても、犯罪にはならないんじゃない？」

「そうですね」

と、貞代は茶碗《ちゃわん》を片付けながら、「脅迫していたとしても、その証拠はありませんものね」

「そうよ。――大崎さんは気の毒だけど」

「でも、やるしかないんじゃありません？」

と、貞代は言った。

「え？」

「佐知子さんに約束したんですもの。力になるって」

「ああ。それは……そうね」

「正面からぶつかって調べるには、無理があります。こんな時は、少し別の方から調べた方がいいんですよ」

「別の方って？」

「実子さんの見た幽霊——田代さんのことです」

「だって——」

　と、実子は、ちょっと面食らって、「それは関係ないって……」

「関係ないっていうわけじゃないんです。あの電話が、田代さんからじゃなかっただろう、ってことで。——こんなことが偶然に続けて、起るなんてはず、ありませんもの。やっぱり何かの形でつながっていると思います」

「じゃ、どういう風に？」

「田代さんを、死ぬところまで追い詰めたのは誰かってことです。——不思議だと思いません？　あの遺書のことも、みんなが知っているのに、田代さんがあんなにも憎んでいた相手が誰なのか、噂《うわさ》も出て来ないなんて」

　そう言われてみれば、そうだ。

「じゃ、本当に、大崎さんが？」

「分りません。でも可能性はあります。何といっても、直接の上司だったんですから」

「そうね」

と、実子は肯いた。

「でも、差し当り、会ってみたい人がいるんです」

「誰？」

「田代さんの母親です」

と、貞代は言った。

「でも――会ってくれないんじゃない？　あの時、凄い目つきでにらんでたわよ。〈K貿易〉の社員っていうだけで」

「それは分りませんよ。――母一人、息子一人で、生きる張りはなくしてしまったかもしれませんけど、でも、ともかく母親は生きているんですから……」

「会って、何を訊くの？」

「色々です」

と、貞代はちょっと逃げるように言った。「もし、私の勘が正しければ……。でも、それには、まず向うが心を許してくれないと」

実子は、貞代をまじまじと眺めた。

「驚いた。あなたって、探偵《たんてい》みたいね」

「子供のころ、私のヒーローは、エラリー・クイーンだったんですもの」

そう言って、貞代は微笑むと、「あ、そのお皿、取って下さい。ちょっと欠けちゃったんです」

と、言った……。

4

「遅刻、遅刻！」

実子は、ドタドタと足音をたてて、階段を駆け下りて来た。

パジャマのままで、髪の毛は寝ぐせがついてピョコンと立っている。——およそ、二十二歳のレディの格好とは言いかねる。

「お母さん！　どうして起こしてくれないのよ！」

と、居間へ怒鳴り込むと、母親が目を丸くして——来客の最中だった。

「あら、失礼しました」

実子は、落ちつき払って、「どうぞごゆっくり」

と頭を下げ、居間を出る……。

——顔を洗って、急いで着替えをしていると、母親が渋い顔でやって来た。

「実子、何ですか、あの格好！」

「だって、お客だなんて思わなかったんだもん」

「それにしたって……。あの方、お前に縁談を持って来て下さったのよ」

「縁談？」

「そう。あれでだめになっても、お前のせいだからね」

「結構よ」

と、実子は肩をすくめた。「どうせまだ、当分お嫁に行く気はないんだもん」

「しょうのない子ね」

と、母親は苦笑いする。

しかし、内心では、まだまだ一人娘を手放したくないと思っているのだ。実子も、その辺、ちゃんと承知している。

「——ね、コーヒー一杯飲んで出かけるから。もう間に合わないわ」

「そう。——どこへ行くの？」

と、母親が不思議そうに訊いた。

「どこって——会社に決ってるでしょう！　今日は水曜日よ」

と、実子はカレンダーを指さした。

「お前、今日から会社は三日間夏休みだって言わなかった？」

母親はそう言って、「ま、いいけどね……。じゃ、コーヒーをいれとくわ」

と、実子の部屋を出て行く。

「夏……休み？」

実子は、ポカンとして呟《つぶや》く。――パッと目が覚める。そうだ！　夏休みだったんだ！

「やった！」

実子は、また、ドタドタと階段を駆け下りて、「ワーイ！　休みだ、休みだ！」

と、居間へ飛び込んだら――まだ客がソファに座っていたのだった……。


ま、縁談の一つや二つ、壊れてもがっくりすることはない。まだまだ、実子はお休みの方が嬉《うれ》しい年ごろなのである。

外がいくら暑くても、休みに家にいる気にはなれず（それに、客と顔を合わせたくなかったので）、早々に実子は家を出た。

さて、映画に行こうか、デパートか。こんな時、デートする男の一人や二人、いないこともないが、男ってやつは、プライドなどという厄介《やっかい》なものを持ち合せていることが多いので、付合ってると疲れちゃうのである。

それより一人で、ぶらぶら気ままに――。

そう。ともかく、せっかく定期があるんだから、これで都心まで出よう。途中で乗りかえてもいいし……。

私鉄はほとんど冷房が入っているので、爽《さわ》やかである。――休みの会社が多いのか、車内も空《す》いていて、悠々《ゆうゆう》座って行ける。

「毎朝こんなもんだと楽勝だけどね」

と、実子は呟いた。

学生時代は、給料ももらえないし、テストやレポートもあって楽じゃないが、しかし、毎朝の殺人的ラッシュの苦労だけはしなくて済む。――本当に、OLになって第一日、実子は、よっぽど出社するのをやめて帰っちゃおうかと思ったくらいだった……。

いいわねえ、この空いた電車、涼しく、ガタゴト、適当に揺れてくれて……。

何だか呑気《のんき》に、いつしかウトウトし始めたりする。

と――変な夢を見た。

貞代が、男と二人でこの電車へ乗って来たのである。

いや、会社は全社一斉《いっせい》に三日間の休みなので、貞代だって、デートに出るぐらいのこと、あるだろう。ただ一緒にいる男が、何だかどこかで見たような顔をしていて……。

田代君？――まさか！

似てはいるけど……。でも少し違うようでもある。

「あら、実子さんだわ」

と、貞代の声まで聞こえる。「眠ってるみたい。——起こさないで、寝かせといてあげましょうよ……」

眠ってる？　眠ってないわよ。ちゃんと起きてるじゃないの。ほら——目だって開けてるし……。

「——あら」

と、声がした。

女の声。でも、貞代ではない。

「徳田さんじゃないの」

パチッと目を開くと、目の前には、神田多恵が立っていた。

あれ？　今のは貞代じゃなくて、神田多恵だったのかしら？

いや、そんなわけはない。だって、神田女史は、男も連れていないし……。

「——今日は」

と、実子は頭を下げた。

「珍しいわね」

と、神田多恵が言った。

「は？」

「二課の人が休日出勤なんて。私は忙しくて、三日間ものんびり休んでられないわ」

休日出勤！　実子の頭に、そんな単語は存在していなかった。

「出勤するんでしょ？」

と、神田多恵は言った。「それとも、ただ、たまたまこの線で遊びに出るところだったの？」

どうせ、あんたなんか、という調子に、実子はムッとして、

「もちろん、仕事です」

と、言ってしまった。「急ぎの手紙を翻訳しなきゃいけないんで」

「そう。良かったわ。一人で行くのも退屈だったからね。じゃ、一緒に行きましょ」

実子は後悔したが、もう遅い。今さら、

「やっぱり映画に行くんです」

とは言えなかった。

この馬鹿！　ドジ！　と、自分をののしりつつ、神田多恵と並んで座っていたのである……。

「――どう？」

と、神田多恵は言った。「新しい課長さんにも慣れた？」

「ええ……。でも、大崎さん、いい方でしたわ」

「人は良かったわね、確かに。でも、管理職は人がいいだけじゃ勤まらないわ。その点、

あの人は、気が優し過ぎたのよ」

　ちょっとカチンと来た。

「そうでしょうか」

「優しい人は決断力に乏しいの。ま、これは宿命ね。だから自殺なんかしちゃうのよ」

　いかにも人生の敗北者、といった言い方である。実子は言い返したいのを我慢した。こんな人に、何を言っても始まらない。

「徳田さん、知ってた？」

　と、神田多恵は言った。「大崎さんが会社の女性と何度も問題を起こしてたこと」

「——問題？」

「恋愛よ。というより情事、と言った方が正確かな」

「まさか」

「本当よ。あなたが入る前のことだけど。——とても、もてそうにないタイプに見えるでしょう」

「ええ」

「でも、しっかりして気の強い女性にはね、ああいう頼りない男性って、母性本能をくすぐられるのかしら、結構惚《ほ》れられるのよ」

　実子には信じられなかった。

確かに、神田多恵の話も、理屈としては分る。しかし――あの大崎が？

「奥さんも、ずいぶん泣かされたはずよ。この二、三年は、まあ割と穏やかだったけど、奥さん、大崎さんが死んでホッとしてるんじゃないかしら」

「でも――お嬢さんも、とても悲しそうでした」

大崎佐知子の頼みがどうなったのか、ここしばらく珍しく（？）忙しかった実子は、貞代から聞いていなかった。気にはなっていたのだが――いや、正直なところ、忘れかけていたのである。

貞代さんは、何かしているのかしら？

「そりゃ、娘さんはね。父親に同情するわ。でも息子は――」

と言いかけて、神田多恵は言葉を切った。

「大崎さん、息子はいませんよ」

「ええ。一般論よ」

と、神田多恵は言った。「あの後、見かけた？」

「誰を？」

「田代君よ。あなた、大崎さんのお葬式の時、見たって言ったじゃないの」

「ああ。――いえ、あの後は別に」

「そう」

ちょうど、電車は二人の降りる駅に着いた。

しかし、なぜ神田多恵が突然田代のことを言い出したのか、実子は気になっていた。

馬鹿！　ドジ！　間抜け！

実子は、ちっとも急ぐわけでもない手紙を英文に訳しながら、自らを呪い続けた。

といって、神田多恵の手前、帰ってしまうのもしゃくだ。――会社はもちろん空っぽ。

普通なら、休みの日でも二人や三人は出て来ているものだが、さすがに夏休みともなると、誰もいない。

ポツン、と一人で働いている、その馬鹿らしさ。実子は、改めて、

「馬鹿！　ドジ！　間抜け！」

と、口に出して言った。

「――徳田さん」

と、神田多恵が顔を出す。

「は、はい！」

「お昼過ぎよ。食事に行って来るわ」

「はい。私、もう少しやって、きりがついてから」

とはよく言うもので、一緒に行きたくないのだ。

「じゃ、先に行ってるわ」

「はい」

神田多恵が出て行くと、実子はホッと息をついた。変に意地を張っても仕方ない。

あの女史がいない間に、帰っちゃおうかしら、と思った。――何と思われようと、構やしない。

せっかくの休みを、一日まるまる潰《つぶ》すというのは、実子の価値観からして、堪えられないことであった。

「よし、帰るぞ！」

と、一人で宣言すると、さっさと机の上を片付ける。

しかし、ともかく半日は働いたのだ。ちゃんと時間外手当はもらっとかなきゃ。

実子は、届の用紙を出して来て、記入すると、課長の机に持って行った。机の上に置いて――もう一枚、〈休日出勤届〉が出ている。誰だろう？

その届の用紙を手に取って、実子は目を丸くした。――「氏名」の欄に、〈田代克彦〉とあったのだ。

実子は、会社のビルを出ると、神田多恵の姿を見て、足を止めた。

近くの喫茶店に、何だかいやに落ちつかない足取りで入って行く。あの神田女史らしくない、不安げな様子である。

ちょっとためらってから、実子は、その喫茶店に、入ってみることにした。

神田多恵は、奥の席で、誰かと話し込んでいる。——実子にはまるで気付いていなかった。

よし、と実子は好奇心に駆られて、その隣の席にそっと腰を下ろした。座席の背が高いので、全く顔は見えないのだ。

「アイスコーヒー」

と、わざとしゃがれ声でオーダーして、隣の話に耳を傾ける。

「ともかく、このままじゃ、ノイローゼになっちゃいますよ」

と、男の声がした。「何とかして下さい。あんたの頼みだったんだから」

「落ちついてよ。誰かのいたずらに決ってるじゃないの」

と、神田多恵がなだめている。「幽霊なんて、いるわけないわよ」

「人間だとしたら、もっと困るじゃないですか。ちゃんと知ってるんだ。僕が伝票の操作をしたことを」

誰の声だろう？　実子は、じっと考えた。

「分ったって、どうってことないわ。別に法律的に——」

「でもね。もううちはお宅に出入りさせてもらえないかもしれない。そうなったら、僕はクビです！」

野口だ。〈K貿易〉に出入りしている印刷屋である。

「ただでさえ、ワープロのおかげで、伝票類の印刷の仕事が減ってるのに、この上、お宅の会社の仕事が全部なくなったら――」

「私が、そんなことさせないわよ」

「お願いしますよ。――でも、気味が悪いですよ、いくらいたずらと思っても」

「田代君は死んだのよ。放っとけばいいわ」

「しかしね……。自分のせいでもないことで怒られて、そりゃ悔しかったでしょう。あんなこと、しなきゃ良かった」

「今さら何よ」

「どうして、あの田代って子にあんなことをしたんです？」

「あなたの知ったことじゃないわ」

――実子は唖然《あぜん》とした。

神田多恵が！　野口と組んで、何か、わざと印刷手配のミスをやり、その責任を、田代へ押し付けたのだ。

「ともかく、いちいちそんなことで電話して来ないでよ」

と、神田多恵は立ち上って、喫茶店を出て行った……。

「――徳田さん。いるの？」

神田多恵は、オフィスへ入って行った。

もう音《ね》を上げて帰ったかもしれない。そう思ったのだ。

「徳田さん――」

神田多恵は、妙に生ぐさい、何かが腐ったような匂《にお》いに、顔をしかめた。「何かしら、これ？」

オフィスを覗いて、眉《まゆ》を寄せる。――空っぽのオフィスに、ポツンと一人で机に向っているのは……。徳田実子ではない。

男だった。一心に仕事をしているので、顔は伏せ加減で、見えない。――誰だろう？

昼から来て仕事をするなんて……。

「ねえ、ちょっと」

と、声をかけながら歩いて行く。

あの机？　誰がいたかしら。――そう、確か……以前は田代君が……。

「誰なの？」

と、声をかけると、その男がゆっくりと顔を上げた。

土気色の顔が、ギョロッと白眼をむいて、神田多恵を見上げ、ニヤッと笑った。

神田多恵は、よろけて、後ずさった。――オフィスから転がるように逃げ出す。

階段——階段で——。

あわてていた。足を踏み外すと、神田多恵は階段を、悲鳴を上げながら転がり落ちて行った……。

「——ひどくうなされてたけど、命は助かるみたい」

と、救急車が走り去るのを見送って、貞代が言った。

「同情できないなあ」

と、実子は首を振って、「田代君をあんな風に……。でも、どうして？」

「神田さんと大崎さん、前は関係があったんですよ。ああいうしっかりした人って、大崎さんのような頼りないタイプに、却ってひかれるんです」

実子は肯いた。それは神田多恵自身が言っていたことではないか。

「でも、結局、神田さん、振られて……。プライドの高い人だし、大崎さんを許せなかったんですよ」

「でも、田代君をなぜ？」

「田代君は、大崎さんの子供だったんです」

実子は唖然とした。貞代は続けて、

「たぶん、神田さん、大崎さんの過去を、徹底的に調べて、昔の恋人との間に、子供が生れてたことを突き止めたんです。そのことは、田代さんの母親から、やっと訊き出しました」

「じゃ、田代君を入社させたのも？」

「うまく勧誘して、ここへ入社させる。そして、大きなしくじりをさせて、当然、大崎さんが田代さんを叱《しか》る。――自殺までするとは思わなかったかもしれません。田代さんが、父親とは知らず、大崎さんを憎むように仕向けるつもりだったのかも。でも、田代さんは自殺してしまった」

「じゃ、大崎さんに電話してたのは――」

「野口さんですよ。高い声してるから、若い男って声を作れるし。もちろん、神田さんに言われてやっていたんでしょうけど」

「なぜ大崎さんは……。そうか」

と、実子は肯いた。「大崎さんに教えたのね。田代君が、大崎さんの息子だったたってことを」

「そうです。自分に息子がいたと知っただけでもショックだったでしょう。しかも、その息子が、自分のせいで自殺したとなったら……。ノイローゼになるのも当然です」

「――ひどい人ね、神田さんも」

と、実子は言った。

「哀れ、でもありますけど。――あ、ご苦労さま」

振り向いた実子は、キャッ、と声を上げて飛び上った。土気色の顔をした若者が、ヌッと立っている。

「もうメーク、落として」

と、貞代は言った。「この人、私の知ってる劇団の人なんです。何となく田代さんと似た感じの人、選んで。――神田さん、お葬式の時、実子さんより先に見付けて、真青になってたんですよ。それを見て、やっぱり、あの人が何か絡《から》んでるんだ、と思ったんです」

「私には、平気そうに見せてたけど、わざわざ声をかけて来たのね、虚勢を張って」

「これで、佐知子さんとの約束も果したし」

と、貞代は息をついて、「――私、妹と待ち合せて、映画見に行くんです。実子さんは？」

「私も付合おうかな。――二人に映画代、おごっちゃう」

「ええ？　でも――」

「いいわよ。私、何も役に立たなかったんだもん」

「じゃ……。お言葉に甘えて」

と、貞代はニッコリ笑った。「これで、二日分は食費が浮くわ」

――まだ夏休みはまるまる二日残っている。

実子は、至って幸せな気分で、炎天下の町を、貞代と一緒に歩き出した。

本物の朝

1

「十時には、必ず来てね」

と、由起子《ゆきこ》は念を押した。

「分ってるよ」

寺《てら》田《だ》秀一《しゅういち》は、周囲の音が、電話の向うに聞こえないかと気にしながら、「自分の結婚の話だよ。遅れるわけないだろう」

と、明るい調子で言った。

「そうね」

由起子は、それでも少し不安げだった。「父はとても時間にやかましい人なの。初めて会おうって言ってくれたんだから、絶対に遅れちゃだめよ」

分ってるよ、しつこい奴《やつ》だな、全く！

しかし、もちろんそんなことは口に出せやしないのである。

「うん、絶対に遅れないようにするよ」

寺田秀一は、請け合った。「何かお父さんの好きな物でも持って行った方がいいかな？」

「必要ないわ。ほしい物は何でも持ってるんだから。それよりあなたが、頼りになる人間だってところを、ちゃんと見せてくれれば充分なの」

ほしい物は何でも持ってる、か。世の中には、そんな奴もいるんだ。何も持ってない俺《おれ》みたいな人間もいるのにな。

「任せてくれよ。うまくやるさ」

「ええ。分ってるわ」

やっと、由起子もいつもの明るい調子に戻った。

「お父さんに会ったら、その後で――」

「え？」

「この間のホテルへ行こうよ」

「いやね、もう！」

真赤になっている由起子の顔が目に見えるようだ。――実際、この前ホテルへ連れて行ったのが、由起子にとっては初めてで、まるきりうぶなのだった。

しかし、それがまた刺激的なのも確かだったが……。

「じゃ、十時少し前にお宅に着くようにするからね」

「待ってるわ」

由起子は少し声を低くして、「愛してるわ！」と、付け加えた。

愛してる、か。――電話を切って、寺田はちょっと笑った。

愛だの恋だの……。そんなもの何だっていうんだ？　ろくに着るものもない貧乏暮しにとっちゃ、何よりも、まず金だ。そうだとも。

寺田は、電話ボックスを出て、歩き出した。

えらく騒がしい裏通りである。――今はまだ夕方の五時だから、辺りも明るいし、人出もそう多くないが、暗くなる七時ごろからは、ネオンがけばけばしさを競うように咲き乱れる街である。

昼間の明るさの下では、いやにごみごみした、薄汚れた通りに過ぎないのだ。夜の中でだけ、息を吹き返す町。通りを埋める女の、あらを隠す化粧のように、夜がこの町を華やかに見せてくれる……。

「さて、と――」

寺田は、喫茶店の一軒に足を向けた。喫茶店といっても、場所柄《がら》、ゆっくりと落ちつけるような店ではない。

向い合って話すにも、大声を出さなきゃ聞こえないくらい、ＢＧＭをガンガン鳴らし、客を詰め込んで、かつ早く追い出すという、この辺りらしい商売をやっているのだ。

しかも、ただ色がついていて、苦い、というだけの、ひどいコーヒーを出して、何百円もふんだくる。

——この店に来るのも、これが最後だろうと思うと、しかし、そんなことも、大して腹が立たない。

「いらっしゃいませ」

と、ウェイトレスがやって来て、「——あら」

「気が付かなかったのか」

と、寺田は笑って、言った。

保代《やすよ》は、顔を赤らめた。

「だって——突然来るなんて。どうしたの、一体？」

「別に」

寺田は、保代が持って来た水を一口飲んで、「コーヒーもらおう」

と、言った。

「じゃ、新しくいれたのを持って来るわ。まだ少しはましだもの」

「もう終るんだろ、仕事？」

「あと十五分」

「じゃ、その後、どこかに行こう」

「ええ。──そうね」

戻って行く保代の足取りは、まるで宙を飛んでいるようだった。

──何もかも、今夜で終らせるんだ。

寺田は、タバコに火を点《つ》けると、まだ明るい表の通りへと目を向けた。

保代の奴とも、今日限りだ。まあ、いくらかは、すまないという気持もないではない。大体、明日由起子の父親に会いに行くために作った背広だって、保代の金で作ったのである。

しょうがないさ。──寺田は自分へそう言い訳した。人生ってのは、こんなもんだ……。

それを保代が聞いて納得するとは思えなかったが。

寺田にとっては、二度とないチャンスだった。友だちの代理で出た、場違いに豪華なパーティで、たまたま知り合った由起子に「惚《ほ》れられた」のだ。

初めは気楽に付合っていただけだが、由起子の父親が、寺田も名を知っているほどの大きな企業の社長と知って、寺田は胸がときめいたのだ。──これは、俺の人生を変えるチャンスかもしれない、と思った。

うまく由起子と結婚するように持って行けば……。金にならない仕事を転々とし、このまま行けば、その辺のチンピラになるしかない、という所まで、寺田は来ていた。

「秀一」などという名前に、その期待をこめていた両親は、四国で細々と畑を耕している。

寺田は、故郷へ帰る気など、全くなかった。

といって、この東京で何をするのか、何のあてもなかったのだが。

その寺田が、とんでもない金脈を掘り当てたのだ。――慎重に考えて、由起子と付合うようにした。

初めの内は、早いとこホテルへ連れ込んじまおうとしか考えていなかったのだが、そんなことは後回し。ともかく、家は貧しいが、真面目《まじめ》な働き者という印象を与えるようにしたのだ。

由起子も、女子校出の世間知らずで、寺田の言葉を頭から信じて疑わなかった。――怖いくらい順調に二人の間は進んで、ついこの間、二人はホテルで結ばれたのだった。

――後は、由起子の父親だ。

しかし、寺田には自信があった。何といっても、父親は娘に甘いものだ。たとえ、連れて来た男が気に入らなくても、娘の頼みを、最後には聞き入れるだろう……。

そうなれば、当然、寺田もいい仕事につける。――それから……。

それから？――気の早い奴だな！

その先のことは、また考えりゃいい。ともかく、明日が一番大切なんだ。

「はい、コーヒー」

保代が、カップを置く。「楽しそうね。何かいいことがあったの？」

「うん？――そうだな。もしかしたら」

「すぐ仕度して来るわ。待っててね。――あ、コーヒー代、いいのよ。私につけといてもらうから」

「悪いな」

コーヒー代、か。――保代と付合ってて便利なのは、金のない時、ここへ来れば、サンドイッチぐらいは食べられることだった。

しかし、もうそれも今日限りだ……。

保代は、由起子と同じ二十四歳だ。二十八になる寺田から見れば、妹のようなものだが、実際、両親の離婚で、家にいられなくなり、上京して来た保代は、寺田と似たところがあった。

万事に引っ込みがちで、おとなしい女だが、時にはそれが苛立《いらだ》ちの種にもなる。このところ、保代の所には顔を出していなかった。

しかし今夜は……。

別に、最後だからといって、別れを惜しもうというセンチメンタルな気分でいるわけではない。

そうではなくて、寺田には、ちゃんと理由があったのだ。

――コーヒーを飲み終えると、ちょうど保代が着替えてやって来る。

「出ようか」

「うん」

保代がすぐ腕を組んで歩きたがるのが、寺田には煩《わずら》わしかったのだが、今日はご機嫌《きげん》良くさせておく必要があった。

「——どこに行くの？」

と、表に出て、保代は言った。

「そうだな。ゆっくり落ちつける所がいい」

「そう……。でも、私、よく分らないのよ」

「君のアパートは？」

保代は、ちょっとポカンとしていた。

「この近くなんだろ？」

「ええ……。でも、さわがしい所よ」

「外より静かだろ。それなら充分さ」

保代のアパートに、寺田は行ったことがない。結婚とか、妙な期待を持たれても困ると思っていたからだ。それが突然、アパートへ行くと言い出したのだから、保代が戸惑うのも当然だ。

「じゃ……。夕ご飯、作るわ。食べる？」

「ああ、食べたいな」

「買物して帰りましょ！　その道を抜けて、デパートに入るの」

「デパートで買うのか？」

「閉店前に安く売るのよ、食料品。凄《すご》く得なのよ」

保代は、別人のように活《い》き活《い》きして、声を弾ませている。――寺田も、それに合せることにした。

どうせ、今夜限りなんだから……。

2

「――片付いてないわよ」

と、保代が恥ずかしそうに言った。「あなたが来ると分ってれば、もっときれいにしとくんだった」

「構やしないさ」

上り込んで、正直なところ寺田はびっくりした。

みすぼらしいアパートの二階である。いくらまめに掃除したって、たかが知れている。

――しかし、保代の部屋は、実にきれいに片付いていたのだ。

「驚いたな。きれい好きなのは知ってたけど」

「そんなことないわ。――座っててね」

「ああ……」

畳に足を投げ出して座る。

もちろん、ろくに家具らしい家具もなく、貧しい室内だが、カレンダーや壁紙で、精一杯に明るくしてある。

「――コーヒー、いれましょうか」

と、保代が言った。「あのお店よりはおいしいわ」

「頼むよ」

と、寺田は笑って、ふと窓を見ると、「この窓は？」

と、訊《き》いた。

「え？」

台所で、保代が振り向く。

「いや――窓ガラスに全部紙が貼《は》ってあるじゃないか」

「ああ、それ。ここ、目の前がズラッとネオンなの。暗くなると、パッと点いて明け方まで。――昼間みたいに明るいのよ」

「へえ」

「だから、この部屋、安く借りられたんだけど。みんな眠れなくて、参って出てっちゃうんですって」

「カーテンを閉めても？」

「そんな生やさしいもんじゃないの。だから、私も考えてね。そうやって紙を貼って、カーテンを引くと、何とか眠れるくらいにはなるの。でも、それでも結構明るいんだけど」

「凄いもんだな」

――保代はコーヒーをいれてくれた。香りも味も、これが同じ「コーヒー」という名で呼ばれるとは信じられないようだ。

「旨《うま》い！」

「そう？」

保代は嬉《うれ》しそうに言った。「じゃ、飲んでてね。すぐご飯の仕度、するわ」

「なあ」

「え？」

「今夜、ここに泊っていいかい」

保代は、呆気《あっけ》に取られたように、寺田を見ていたが、

「――いいけど、もちろん。あなた……アパートを追い出されたの？」

「おい、何だよ！」

と、寺田は笑った。

「ごめんなさい。だって――」

保代も一緒に笑って、「布団《ふとん》が一組しかないわ。借りて来る？」

「一組ありゃ、充分さ」

保代は、ちょっと頰《ほお》を赤らめた。

「そうね……」

「頼みがある。明日の朝、八時に起こしてほしいんだ」

「八時？」

「うん。大切な仕事がある。一旦《いったん》アパートに戻ってから出るから、八時には起きないと」

「任せて。私、どんなに夜が遅くても、六時半には目が覚めるわ」

「頼むよ」

「じゃ……。ご飯の仕度するわ」

保代はいそいそと台所へ立って行った。

寺田は、ホッとして、コーヒーを飲み干すと、畳の上にゴロリと横になった。

――寺田が、ここに来る気になったのは、「朝、確実に起きるため」だったのだ。

独り住いの寺田は、時間も不規則だし、朝早く起きるというのは大の苦手なのである。

しかし、明日は――明日だけは、絶対に寝過すわけにいかない。といって、目覚し時計などで確実に起きる自信は、全くなかった。

夜通し起きていてもいいが、由起子の父の前に、寝不足の冴《さ》えない顔で出て行きたくはない。

そこで、保代のことを思い付いたのだった。

保代は時間にきちんとした性格である。その点、充分に信じてもいい。

――もちろん、他の女との結婚話のために、保代に起こしてもらうなどというのは、ひどく身勝手で、残酷なことかもしれないが、しかし――人生なんてそんなものだ。

誰かが幸福をつかめば、一方で誰かが不幸になる。それは、どうしようもないことなんだ……。

寺田は、ゆうべ、ろくに眠っていなかったし、今日は少し疲れてもいた。保代に朝のことを頼んで、安心してもいたのだろう。

ぼんやりと、天井を眺《なが》めている内、ふと瞼《まぶた》が閉じて――そのままスッと引き込まれるように眠ってしまった。

目を開けた時、寺田は、いつになく爽快《そうかい》な気分だった。

たっぷり眠った後のような、疲労がきれいに洗い落とされたような……。

どこだっけ、ここは？

「──起きたの？」

保代の声で、ハッと気が付いた。

そうだ。保代のアパートへ来ていたんだっけ。

そしてつい眠り込んで……。

起き上って、寺田は頭を振った。部屋の中が明るくなっている。

夜通し、眠っちまったのか……。目が、小さな目覚し時計に止った。

九時。──九時だって？

寺田は、飛び上った。

「おい！　もう九時じゃないか！　どうして起こさなかったんだ！」

寺田が怒鳴り出したので、保代はびっくりして、目を丸くしている様子だった。

「言っただろう！　八時に起こせって！」

「言ったけど──朝の八時でしょ？　そう言わなかった？」

「言ったさ。だから──」

保代は笑い出した。

「──しっかりしてよ！　夜の九時なのよ、今」

「何だと？」

「一晩ずっと寝てたと思ったの？　今は夜の九時。あなた三時間ほど眠っただけよ」

「しかし……」

「明るいでしょ？　これでも夜なのよ。電気つけなくても、この明るさで充分。窓閉めといてもこうだもの。電気代の節約になるわ」

そうか……。寺田は、大きく息をついた。

「びっくりした！――いや、心臓が止るかと思ったぜ」

「私だって」

と、保代は言い返した。「凄い顔して怒るんだもの」

「ごめん」

と、寺田は謝った。「つい、うっかりしてたんだ」

「よっぽど大切なお仕事なのね」

「うん。俺の将来がかかってる」

「じゃ、元気をつけなきゃ。――ご飯、いつでも食べられるわよ」

そう聞くと、寺田は急に腹が空《す》いて来た。

「食べよう！　死にそうだ！」

「オーバーねえ」

保代は、笑って、「じゃ、ちゃぶ台を出すわ。――手伝ってくれる？」

「ああ」

寺田は、上機嫌で、食事の用意をするのを手伝った。分っていたことではあるが、保代の手ぎわのいいこと、てきぱきと良く働くことは、寺田を感心させた。

――食事も、おいしかった。

寺田は、ご飯を三杯もお代りしてしまったくらいだ。

「――君はいい奥さんになるだろうな」

と、寺田は言った。

「あら」

保代は、顔を赤くして、「そんなこと、誰も言ってくれないわ」

「俺が言ったよ」

「もらってくれるの？」

「今はとても生活できないよ」

寺田は、ゆっくりとお茶を飲んで、「それに――俺は風来坊だしな」

「分ってるわ」

保代は、自分のお茶を、残ったご飯にかけた。

「君に楽させてやれるには、もっといい仕事につかなきゃ」

「私、楽なんてしたくないわ」

と、保代は言った。「楽とか苦労とか、考え方じゃないの」

「こんなアパートで一生終ってもいいのかい？」

「それが人生なら、それでもいいわ」

「俺はいやだ」

と、寺田は言った。「もっと人間らしい暮しをするんだ。――君だって、そうする資格があるさ。こんなによく働いて」

「そうね……」

保代は、ちょっと目を伏せて、寂しそうに息をつくと、「片付けるわ。狭いでしょ」

と、立ち上った。

寺田は、反射的に、手をのばして、保代の手をつかんでいた。

「――なあに？」

「来いよ」

「片付けてから――」

「いいから」

「布団も敷いてないのに」

「構わないよ」

「――汗くさいわよ」

それ以上、保代は言わなかった。

3

「おはようございます……」

ドアの外を、誰かがそう言いながら、通って行った。

寺田は、保代の胸に、頭をもたせかけて、ややまどろんでいた。——おはようございます、だって？

夜の十時だっていうのに。おはよう、もないもんだ……。おはよう？——おはようございます、だって？

寺田は、体を起こした。

「どうしたの？」

保代は、戸惑ったように言った。

「——そうか」

と、寺田は言った。「知ってたんだな」

保代は、そろそろと起き上って、裸の上半身にブラウスをはおった。

「あなた……」

「女房みたいな呼び方するな！」

寺田は、青ざめていた。

「私がいつ……結婚してくれって言ったの？　何でもあなたの言う通りにして――」

保代は、声を詰らせた。「知ってるわよ！　どこかのお嬢様とお付合いしてるのもね。私のお金で背広を作って、その女とデートなんでしょ！」

「だから何だ！　俺は何も約束なんかしてないぞ！」

寺田は、急いで服を着始めた。「――畜生！　俺を騙《だま》したな。こんなに明るい夜なんてあるもんか。馬鹿《ばか》にしやがって！」

保代は、体を震わせて、寺田を見つめていた。そして――出しぬけに、寺田に飛びつくと、ちょうどはこうとしていたズボンをもぎ取った。

「何するんだ！」

「もう遅いでしょ！　諦《あきら》めなさいよ！　十時よ！　朝の十時よ！――いい気味だわ。大方、彼女と大事な約束でしょ。振られりゃいいんだわ。その女《ひと》にも、あんたの素顔が分るわよ！」

「うるさい！　返せ！」

保代は、素早く転がって逃げると、

「あのコーヒーに、薬を入れたのよ」

「何だと?」

「一晩ぐらい目を覚まさなくて当り前。――どう? いつも私のこと、馬鹿な女だと思ってたんでしょう。いつも簡単に騙してたものね。でも今日は――」

保代は声を上げて笑った。「見なさいよ! 今日は私の方が騙してやった!」

十時……。

父は時間にうるさい人なのよ……。絶対に遅れないでね……。

「――畜生!」

寺田は、保代へ飛びかかった。

保代が仰向けに倒れる。――寺田の手が、無意識の内に、保代のか細い首にかかっていた。


そして――どれくらい、時間がたったろう?

寺田は、誰かの手が、保代の首を、絞めているのに気付いた。

やめろよ。そんなに絞めたら、死んじまうぜ。おい、誰だか知らないけどな……。

「そうじゃない……」

俺だ。俺の手なんだ。

ゆっくりと、手から力を抜いて、離す。手が震えた。

「――保代。――おい」

保代は、もう、全く動こうとしなかった。口を開き、白目をむいて、顔の色は生きている人間のものではなかった。

殺したんだ！――俺が。

汗が、こめかみから顎《あご》へと伝い落ちた。

「畜生！　お前のせいだ！」

と、寺田は叫んで、保代の手から、ズボンを引ったくった。

時計を見る。十時二十分だ。

もう間に合わない。何もかもおしまいだ……。

寺田は、がっくりと肩を落として、しばらくその場に座り込んでいた。

「いや……。由起子さえ……。そうだ。由起子は俺を愛してるんだ。――何か理由をでっち上げれば、信じてくれる」

どうしようもないことだってあるじゃないか。事故とか、病気とか。

そうだ。一人で暮してるんだから、急に具合が悪くなって、病院へ運ばれ、どうしても連絡できなかった、と言ってもいい。

ちゃんと、本当らしく説明して謝れば、いくら何でも、調べたりしないだろう。

そうだ！　諦めることはない。

寺田は、ズボンをはいて、ともかく身仕度を整えた。

そして——倒れている半裸の保代を見下ろした。

俺が殺したんだ。——しかし、悪いのは保代の方だ！　そうだとも！

捕まるだろうか？

俺がゆうべここへ来たことは、誰も知らない。ここへ入るのも、見られていない。

それに、ここへ来たのも初めてだ。

——手がかりさえなきゃ、俺のことなんて、誰も思い付かないんだ。

そうだ。このままうまく逃げられれば……。

寺田は、食べた食器を、流しへ持って行って、水をかけた。——そして、部屋の中を見回す。

大丈夫。何も落としてない。

「よし」

と、口に出して言うと、寺田は額の汗を拭《ふ》いて、玄関からそっと出た。

アパートから表に出て——寺田は、足を止めた。

「こんな馬鹿な！」

寺田を、昼間のように明るく、ネオンが照らしていた。

夜だ。――夜なんだ！

どうなってるんだ！　一体……。

寺田は、不意に分った。何もかも。

夜、出かけて、「おはようございます」と挨拶《あいさつ》する商売だってあるのだ。その声を聞いて俺は、てっきり朝だと思い込んだ。

「保代……」

保代は、死のうとしたのだ。俺に殺されようとして、俺が勘違いしたのを、わざとああ言って――。

何てことだ！　俺は、必要もないのに、あいつを殺しちまった。

あいつを、そして俺自身を。

逃げられる？　そんなはずはない。

あの喫茶店の他のウェイトレスたちも、寺田のことを知っている。寺田の友だちで、保代のことを知っているのが何人もいる。

必ず、必ず、警察はやって来るだろう。

嘘《うそ》をつき通す度胸は、寺田にはなかった。

「何もかも……終りだ」

と、寺田は呟《つぶや》いた。

そして、歩き出した。

どこへ行くのか、自分でも知らない。ともかく、歩きたかった。夜の中へと逃げ込んで行きたかった。

朝が来るまでは、俺は自由なんだ。――本当の朝が来るまでは。

暗い所へ行きたかった。夜の、この明るさが、憎かったのだ。

しかし、よろけるような足取りでいくら歩いても、乱れ絡《から》まる光の網から、寺田はいつまでも出られないような気がした……。

誉れの日

1

「では――」

と、マイクの雑音を通して、巡査部長の松山の声が、響いた。「向井哲治《むかいてつじ》さん、どうぞ」

拍手が起きた。

大して盛大とは言えない拍手だったが、もともと人数も少ない表彰式だったのである。

「向井哲治殿――」

と、署長の鈴木が表彰状を読み上げる。

しかし、正直なところ、出席している警官たちのほとんどは、表彰状の決り文句など、聞いてはいなかった。

早いとこ、この表彰式を終えて、席へ戻りたい、と思っている気持が、顔に出ていた。

「またか」

と、一人が呟《つぶや》くのが、向井明子《あきこ》の耳に入って来た。

「先月もだろ」

と、隣の警官が応じている。

「その前もだ。——名物なんだぜ、この辺りじゃ」

「物好きだな、全く」

「しっ」

と、後ろの席からたしなめられて、二人の警官は口をつぐんだ。

——向井明子は、夫の背中を、椅子《いす》にかけたまま、じっと眺《なが》めていた。

あの人も、年齢《とし》を取ったわ、と思う。

当然だ。もう何週間かで、向井哲治は六十歳になる。

老いは、背中にも出ていた。

「いや、いつもご苦労様です」

署長の鈴木が、向井と握手をする。松山が力一杯手を叩《たた》くと、集まった警官たちも拍手した。

向井哲治は、ほとんど無表情のまま、警官たちの方を向いて、軽く会釈《えしゃく》をし、明子の隣の椅子に戻った。

「向井さんは——」

と、松山がマイクに口を寄せて言った。「今回で、何と九十九回目の表彰になります」

おーっ、と声が上った。

「路上で、引ったくりを捕えて感謝状を受けられてから、三十年余りの間に、スリや万引き、器物破損などの犯人逮捕に力を尽くして下さったのです」

と、松山は言った。「中には、四歳の女の子が危うく誘拐《ゆうかい》されかけるのを、直感で見破り、未然に防がれたこともあります。その犯人は、実は別の場所で、誘拐殺人を犯した凶悪犯だったのです。――その時には、警視総監賞を受けられました」

向井は、ちょっと照れたように笑った。

「間もなく、向井さんは六十歳を迎えられますが、これからも、大いに活躍していただきたいものです。百回目の表彰に向けて！」

松山は力強くしめくくって、もう一度手を叩いた。今度の拍手は、前より大分盛り上った。

若い警官たちも、向井のことはよく知っていた。

「町の名刑事」

と、週刊誌で取り上げられたこともある。

しかし――まさか百回近くも表彰を受けていたとは、思わなかったのだろう。

いや、こりゃ大した爺《じい》さんじゃないか。――その拍手は、そう言っていた。

明子は、そっと夫の横顔を盗み見た。

向井哲治は、白くなった髪をなでつけて、上等な背広を着ている。陽焼《ひや》けした顔は、まだまだつやがあり、せいぜい五十歳そこそこの印象だった。キュッと結んだ唇《くちびる》は、いかにも頑固《がんこ》そうで、事実、信念を曲げることを、極度に嫌《きら》う性格だ。

松山の賞讃《しょうさん》に顔をほころばせたのは、ほんの一瞬で、明子の方を見ると、

「もうすんだ。帰ろう」

と、腰を浮かす。

「でも、あなた――」

「会社へ行かんとな。さ、行こう」

明子がためらうのも構わずに、警察署の中の一番大きな会議室を、出て行く。

明子は急いで、松山と鈴木署長の方へ頭を下げて、夫の後を追った。

「――あなた」

と、明子は急ぎ足で、「あなた。――失礼ですよ、まだ終ってないのに」

向井は、どんどん廊下を歩いて行ってしまう。

「いいんだ」

「良くありませんよ。せっかく、あちらが――」

「会社がある」

警察署の玄関を足早に出て、向井はバス停の方へと歩いて行く。

「今日はお休みを取ったのでしょ」

明子には分っている。夫は、照れているのだ。

ああいう晴れがましい席が、生きがいのようになっているのに、その場になると照れてしまうのである。

「休んでいても、仕事はある」

向井は筋の通らないことを言って、「ともかく帰ろう。――疲れた」

「疲れた人が、そんなに早足で歩かないで下さいよ」

明子は苦笑しながら言った。

もちろん、夫のことはのみ込んでいる。三十年からの結婚生活である。

明子は今年五十一歳。夫より八つ年下になる。

二十一歳で結婚した時は、ずいぶん年齢の差を感じたものだが、今となっては少しも……。ま、それは当り前のことかもしれない。

向井は、バス停に着くと、ちょっと息をついて、

「――おい、明子」

「何ですか？　すっかり息が切れちゃったわ、あなたが早く歩くから」

「そうか」

向井は、嬉《うれ》しそうに、「じゃ、そこいらで、お茶でも飲んで行こう」

と言うと、スタスタ歩き出した。

明子は、ちょっとの間、呆《あき》れて夫の後ろ姿を見送っていたが、

「全くもう……」

と、呟いて、自分も歩き出した。


「――旨《うま》いな」

と、向井はコーヒーを飲み干して、肯《うなず》いた。

「一杯でやめて下さいよ」

「ああ、分ってる」

向井は、喫茶店の椅子にゆっくりと寛《くつろ》いで、「会社は休んだんだ。やっぱり今から行くのもおかしいな」

「そうですね」

向井は、ふと、明るい戸外に目をやった。

「――あと二週間か」

「結局、延長の申請はやめたんでしょ？」

六十歳で停年だが、本人が申請すれば、あと三年、働くことができる。

「うむ」

向井は肩をすくめて、「つい、忙しくて忘れてた。もう期限が切れたそうだ」

「いいわよ、少し休んでいれば。——延長しても、お給料は半分くらいになってしまうみたいよ」

「そうらしい。しかし、他に再就職しても、似たようなもんさ」

向井は、同じ会社に四十年近く勤めていたのだが、口下手で、人付合いが悪いことも響いて、ついに課長のポストにもつけなかった。

しかし、明子には別に不満もない。そんな夫の性格は、よく分っていたからだ。

「——しかしなあ」

と、向井は言った。「どこかで働かなくちゃ」

「大丈夫よ。退職金もあるし、少しは貯金もあるし。しばらくはやっていけるわ」

「うむ……」

向井が、思い悩んでいることは、明子にもよく分っている。

息子の安彦《やすひこ》は、二十七歳。もう結婚しているが、仕事の都合で、今は九州にいた。たとえ戻って来ても、両親と住むことはないだろう。

向井と明子、二人だけなら、そう気にすることもないが、下に、牧子《まきこ》がいる。

遅く産まれた娘で、今やっと十七歳。高校二年生である。

大学へ進み、結婚させるまで、となると、あと七、八年はあるだろう。向井が、働き口のことを気にしているのも、牧子がいるせいだった。

「――ふざけてんだよねえ」

「そう。あんな奴《やつ》、最低！」

大きな声で話しながら、セーラー服の女子高生が、三人入って来た。

奥の席につくと、

「コーヒー三つ」

と、注文しておいて、「ねえ、灰皿ないの？」

と、訊《き》いている。

「――呆れたもんだ」

と、向井は首を振った。「高校生が制服姿で……」

鞄《かばん》から、タバコを取り出して、三人とも一本ずつ抜いて喫《す》い始めた。店の奥さんが、灰皿を持って行く。

「大人が注意もせんとは」

向井は、顔をしかめた。

「あなた。行きましょうか、そろそろ。牧子も帰って来るわ」

と、明子は言った。

「うむ……」

明子は早々に席を立って、レジで支払いをした。店を出ようとすると、向井が、店の奥さんに、

「どうして、あんな子供たちにタバコを喫わせとくんだ？」

と、言い出した。

「あなた――」

「誰が見たって高校生じゃないか。どうして取り上げない」

「そうおっしゃられても……」

と、店の奥さんは、当惑している。

「あなた、行きましょう」

と、明子が、夫の手を取ろうとした。

向井は、その手を振り払って、女子高生たちの方へと歩いて行った……。

2

「あなた」

と、明子は言った。「出かけるの？」

訊くまでのこともなかった。

夫が、コートをはおって、もう外出の仕度をしていたからだ。

「今夜は冷えるわよ」

と、明子は言った。「早目に帰って下さいね」

「うむ」

向井は言葉が少ない。

「どの辺を歩くんですか」

「分らん」

「あんまり遅くならないようにね」

「うむ」

九時を少し回っている。――向井は、ふと気付いたように、

「牧子はまだ帰らないのか」

「クラブですって」

「十七の娘だぞ。――こんなに遅くまでか？」

「仕方ないわ。学校のことですもの」

「先生と話してやる」

「だめですよ」

と、明子は首を振った。「却《かえ》って、牧子が困るでしょう」

実際にやりかねない夫だと、明子もよく分っている。

「しかしな——」

「あら、ちょうど帰って来たわ」

玄関で物音がした。明子が、

「牧子？」

と、声をかけると、

「うん」

牧子が顔を出す。

「ただいま、ぐらい言え」

と、向井が渋い顔をした。

「ただいま」

牧子は、向井を見て、「お父さん、またパトロール？」

「それより、遅いじゃないか」

「仕方ないでしょ、クラブなんだから」

牧子は、軽く言い返して、「お母さん、またすぐ出かけるの」

「どこへ？」

「真知子《まちこ》んとこ」

「こんな時間に――」

「明日のことで、どうしても打ち合せなきゃいけないことがあるんだもん」

そう言って、牧子は、トントンと二階へ上って行ってしまう。

「今から出かけるなんて、いかん」

と、向井が憤然としている。

「真知子ちゃんの所なら、すぐご近所ですよ。ほら、佐伯《さえき》さんのとこ」

「知っとる。しかし、いくら近所でも――」

「もう高校生ですよ。止めるわけにもいかないわよ」

「そんな風だから、親をなめてかかるんだ」

などと言いながら、本当のところは、向井も牧子には甘い。

「――じゃ、行って来る」

と、向井は玄関へ出て、「できたら、向うにうちへ来てもらえ」

「牧子のこと？　無理よ。それに、うちの子は危くて、あちらはいいの？」

「そりゃそうだが……」

と、まだ未練は残っているようで、「遅くなったら、迎えに行けよ」

「はいはい」

明子は、夫を送り出すと、ホッと息をついた。

——気むずかしいところはあるが、悪い人ではないのだ。しかし、娘にしてみれば、あんな父親は気が重いばかりだろう……。

牧子が二階から降りて来る。

「行って来るね」

と、紙袋を下げて、玄関の方へと行きかける。

「ちょっと。何か食べて行ったら？」

「食べたよ、ラーメン。真知子んとこでも何かあるから」

「だけど——」

牧子も、少しは親の言うことを聞いておいた方が、と思ったのか、それとも、お腹《なか》が空《す》いていたのか、

「じゃ、何かある？」

と、足を止めた。

「おかずも取ってあるわよ」

と、明子はホッとして言った。

——いらない、などと言いながら、牧子は茶碗《ちゃわん》に二杯も、ご飯を食べた。

「あと何日だっけ？」

と、牧子は言った。

「何が？」

「お父さんよ」

「会社？　一週間ね」

「ふーん」

牧子は、大して関心のない様子で、肯いた。「もう六十か、お父さんも」

「そう。――相変らず元気そうにはしてるけど、もう年齢《とし》よ。あんたもそのつもりでね」

「私に言ったって」

と、牧子はお茶を飲み干して、「本人にそう言えば？」

「どういうこと？」

「分ってるじゃない。あのパトロールよ」

と、牧子は言った。「お茶、くれる」

「はい。――だって、やめろとは言えないわ」

お茶が好きなのは、父親譲りなのだが、明子はそうは言わなかった。そう聞けば、牧子がいやな顔をするだろう。

「あんなこと、何でやってるの？　他の人みたいに、ゴルフとか庭いじりとかやっててくれりゃいいのに」

「だけど、お父さんはずいぶん人の役に立ってるのよ。知ってるでしょ」

「万引き捕まえたり、違法駐車を通報したりして？　そんなの馬鹿《ばか》げてる。——みっともなくって」

牧子は強い調子で言った。

「そんなこと言って……。お父さんのおかげで助かった人も——」

「知ってるわ。でも、百件も、なんて、まともじゃないよ。刑事でもないのに」

「九十九件よ」

「百件目が目前ってわけね」

「あれがお父さんの生きがいなんだから」

「やめてほしいわね、実際」

牧子は、肩をすくめて、お茶を飲むと、「——じゃ、行ってくる」

と、立ち上った。

「遅くなるようだったら、電話して」

明子が言っても、牧子は返事もせず、出かけて行った。

——明子は、ため息をついて、

「反抗期っていうのかしら……」

と、呟く。

昔は、牧子も父親が表彰されたりするのを見て大喜びしたりしたものだが。もちろん今は十七歳。変って来て当然だし、そういう年代でもあるのだろう。

明子は、茶の間に戻って、自分もお茶をいれて飲んだ。

——正直なところ、明子も、夫に「パトロール」をやめてほしいと思うことがある。しかし、無趣味な真面目《まじめ》人間の夫にとっては、あれが唯一《ゆいいつ》の生きがいなのだ。九十九件の表彰。——百件まで行ったら一段落だな、と夫は二、三年前に笑って言っていた。

明子も、娘と同様、夫がゴルフとか盆栽いじりにでも熱中してくれたら、と思わないでもない。しかし、その理由は、娘とは違っていた。

牧子は、友人たちに、父親のことを知られるのを恥ずかしがっている。悪いことをした、というよりはいいと思うのだが、逆に、「正義」というものをうさんくさく思う年代でもあるのだ。

明子の心配は単純に、夫がいつか、泥棒《どろぼう》とか何かに出くわして、けがでもしないか、ということである。

「無理はしないよ」

と、いつも夫は笑っているが……。

電話が鳴った。

明子が出ると、

「もしもし、松山ですが」

あの巡査部長である。

「あら、どうも、先日は失礼してしまいまして」

「いやいや、よく分ってますから、向井さんのことは」

と、松山は笑った。「いらっしゃいますかね」

「ちょっと出かけておりまして……」

「じゃ――またパトロールですか」

「ええ、十五分ほど前に」

「そりゃご苦労様ですな」

「あの何かご用が――」

「いや……。まあ、大丈夫でしょう」

松山の言い方には、どこか引っかかるものがあった。

「あの……何か？」

少しためらってから、

「実は」

と、松山が言った。「強盗殺人がありましてね、二、三時間前です」

「まあ」

「今、非常警戒の最中なんですが……。もしご主人が出られてると、万一、出くわしたりしては、と思いましてね。今夜はやめた方が、と申し上げようと思ったんです」

「まあ、どうしましょう」

明子は青くなった。

「いや、大丈夫ですよ。そんな確率は万に一つもないし。あちこちに警官も立ってますから、事情を聞けば、帰られるでしょう」

「そうですか。――この近くなんですか」

「いや、少し離れているんですが、こっちの方へ逃げた、という目撃者がありまして。まあ、あんまり外へ出られない方がよろしいでしょう」

「じゃ――主人にお会いになったら、すぐ帰れと伝えて下さい」

「承知しました。うちの連中に言っときましょう」

と、松山は快く言った。「いや、どうも失礼しました」

「わざわざ、どうも……」

明子は電話を切った。――胸がドキドキしている。

もちろん、まさか、とは思うが……。

そして、明子はハッとした。

「――牧子。牧子もだわ」

外へ出ない方がいい。急いで迎えに行って来よう。

明子は、佐伯真知子の所へ電話してみることにした。もう着いているだろう。歩いて五分とかからない所である。

生徒名簿を持って来て、〈佐伯〉という名を捜していると、また電話が鳴った。

夫からかもしれない。すぐに受話器を取ると――。

「あ、もしもし」

明るい女の子の声が聞こえて来た。「佐伯真知子ですけど」

「まあ。今、お電話をしようと思ってたんですよ」

と、明子はホッとして、「牧子はもうそっちへ着きました？」

「え？」

真知子は面食らって、「牧子、いないんですか」

明子が当惑する番だった。

「お宅へ行くと言って……。じゃ、行ってないんですね」

「ええ……。ああ、それじゃ、きっと――」

真知子がクスクス笑い出した。

「佐伯さん、何なの？　何か知ってるんですね？」

「うーん、まずいんだけど……」

「今、何だか危いんですって、外は。警察の人が知らせてくれたんです」

「へえ。——牧子、ボーイフレンドがいて、その子と会ってんじゃないかな」

真知子の言葉に、明子は、唖然《あぜん》として、声が出なかった……。


「おい！　止れ！」

と、怒鳴る声がして、懐中電灯の光が、向井の顔に当った。

——何かあったな、と向井は外を歩き出して、すぐにピンと来た。

盛り場へと向って歩いて行っても、向うから走って来るタクシー、千鳥足の男に、一向に出会わない。

こんなことは、まずないのだ。金曜日の夜である。

まあ、行ってみれば分るだろう。

夜道を歩いていると、いきなり声をかけられた、というわけである。

「どこに行くんだ」

近寄って来たのは、制服の警官で、えらく気負っている感じだった。

「一杯やりにね」

と、向井は肩をゆすった。

「本当か？」

馬鹿なことを訊くものだ。嘘《うそ》だとしても、「嘘だ」と答える奴《やつ》はいない。

どうやら、ずいぶん若い警官らしい。

「何だね、一体」

と、向井は訊いた。

「身分証明書を見せろ」

と、警官が言った。

「飲みに行くのに、いちいちそんなもの持って出ないよ」

「家は？」

「——十分くらいの所だ」

「ポケットの中の物を見せろ」

向井は、少しムッとした。

「おい、いいか、俺《おれ》は——」

「おとなしく、言う通りにしろ！」

金切り声に近くなっている。緊張しているのだ。

「分ったよ」

向井は、ポケットの物を出して見せた。

「——何だ、これは」

「見りゃ分るだろ」

懐中電灯が、コートのポケットに入っている。

少し大型の、頑丈《がんじょう》な造りのもので、いざという時には、護身用にも使うつもりである。

「飲みに行くのに、こんな物がいるのか？」

警官は、少し向井から離れた。怪しんでいるのだ。

「俺は向井哲治というんだ。知っとるだろ？」

「両手を上げろ」

「おい――」

「逆らうのか！」

警官が、拳銃《けんじゅう》を抜いた。――向井もカッとなった。

「馬鹿！　危いじゃないか！」

「両手を上げろ！」

警官が叫んだ。「撃つぞ！」

向井の顔から血の気が引いた。――本当に引金を引くかもしれない、と思ったのだ。

「分った。――落ちつけよ」

向井は両手をゆっくり上げた。

「向う向け！　ゆっくり塀《へい》に向って立つんだ！」

金切り声を上げて、警官は汗をポタポタたらしている。

「後でどうなっても知らんぞ」

と、向井は言ってやった。

「うるさい！　しゃべるな！」

銃口が、向井の首筋へ押し当てられた。

向井は反射的に手でそれを払おうとした。

つかみ合いになる。――固い物が、向井の頭の左側を強く打った。

向井は、一瞬、気が遠くなって、よろけた。

そして、道に崩れるように座り込んだ。

3

「いや、全く、申し訳ない」

と、松山が、頭を下げた。

向井は、包帯にそっと手をやった。

「――痛みますか」

と、松山が訊く。

向井は、かすかに肯いた。まだズキズキと傷が痛む。

警察署の中だった。――向井は、応接室の古ぼけたソファに腰をおろしている。

「何とも、お詫《わ》びのしようも――」

と、松山が苦々しい顔で、「よそから応援で来た、入りたての巡査でしてね。組んでいた一人が、たまたま離れていたものですから……」

「もう少し……冷静にやってほしいもんですな」

と、低い声で、向井は言った。

「うちの連中なら、あなたのことはよく知ってるんですがね。――本当にすまんことで」

「いや……。もういい。すんだことですよ」

――正直、向井は怒鳴り出したいのを、何とか抑えていた。長い間、警察の活動に協力して来た、その礼がこれか……。

もちろん、頭では松山の説明に納得していたが、気持の方は別だ。

「帰りますよ」

向井は、そろそろと立ち上った。

「私の車で送りましょう」

と、松山が言った。

「いや、それは――」

「それぐらいさせて下さい。奥さんにも謝らんと」

向井も、それ以上辞退はしなかった。

廊下へ出て歩きかけると、

「松山さん」

と、古顔の警官の一人が走って来る。

「何だ?」

「ちょっと――」

何か耳打ちされて、松山の目が大きく見開かれた。

「――本当か?」

「ええ、確かに」

松山は、向井の方へ戻って、

「向井さん、ちょっと来ていただけますか」

「何です?」

「どうぞ」

松山が、先に立って、奥の方へと歩いて行く。向井は、戸惑いながら、ついて行った。

取調室のドアの一つを、松山は開けた。

「――盛り場で、酒を飲んでいて……」

と、警官が言った。「補導して来たんですが」

向井は、中を覗《のぞ》いた。

ジャンパーを着た、長髪の若者が、だらしなく椅子にかけて、足を組んでいる。そして、女の子がその隣に腰をおろして、そっぽを向いている。

「向井さん、奥へ」

と、松山が促した。

娘が顔を向けた。――向井は、目を疑った。

「お父さん」

と、牧子が言った。「頭、どうしたの？」

明子は、夫の頭の包帯を取りかえて、

「――もう、やめたら、あなた？」

と、言った。

「牧子は？」

「寝ましたよ、もう」

「話がある」

「今夜はやめた方がいいわ。別に、悪いことしたってわけでもないんでしょう」

「馬鹿を言うな！」

と、向井は怒鳴って、「いてて……」

「ほら、頭の傷が……。明日、ちゃんとお医者様に行って下さいよ」

「こんなもの、放っとけば治る」

向井は、ソファにぐったりと腰をおろした。

「あなた――」

「一体どうなったんだ？　俺は、精一杯真面目にやって来たのに」

「そんなに大げさに考えなくても――」

「警察に補導されたんだぞ！　うちの娘が。――のんびりしていられるか」

「そういう時期なんですよ。別に牧子はお酒を飲んでたわけじゃないんでしょ？」

「その男と一緒だったんだ。同じことだ」

「全然違いますよ」

と、明子は苦笑した。「あなただって、こっそりお酒を飲むぐらいのこと、したでしょうに」

「しかし、親に嘘をついたりはしなかったぞ。それに、牧子は女だ」

「分ってますよ」

明子は、夫の肩に軽く手をかけて、「――牧子とは、私がよく話し合ってみますから。あなたはもう休んで」

向井は、まだ未練ありげだったが、頭の痛みには勝てなかったらしい。寝室へと引っ込んで行った。

明子は、ホッと息をついて、台所へ立って行く。――明日の牧子のお弁当の用意をしておかなくてはならない。

お米をといで、電気釜にセットしていると――。

いつの間にか、牧子が台所の入口に立っていて、明子はびっくりした。

「――ああ驚いた！」

わざと少し大げさに、「声ぐらいかけてちょうだい」

「ごめんね」

と、牧子はパジャマ姿のままで、入って来た。

声をかけなかったことを謝っているのではなく、今夜の出来事全部のことを言っているのだ、と明子には分った。

「お父さんには、あんたはいつまでも小さな女の子なのよ」

と、明子は言った。「――お茶、飲む？」

「うん」

牧子は嬉しそうに肯いた。

「それで……。ね、牧子」

――茶の間で、お茶を飲む。明子は、さりげなく、

「どんな子なの？」

と、訊いてみた。

「彼？――ロックコンサートで会ったの。自分でもアマチュアのバンドやってて……。何かおかしい？」

明子が、笑い出したので、牧子は、ちょっと不思議そうに訊いた。

「そうじゃないの。ごめんね。――でも、何だか、ＴＶドラマにありそうな話だから」

「そうなのよ」

牧子も笑顔になる。「真知子にも言われちゃった。嘘みたい、って」

「でも、本当なのね」

「うん。――いつもはお酒飲んだりしないのよ。だから、ビールであんなに赤くなって、引っ張られちゃったの」

「いくつ？」

「十八。定時制の高校に行ってるの。昼間はガソリンスタンドで働いて。ちゃんと真面目にやってんのよ」

「どれくらいのお付合いなの？」

「半年ぐらい、かな……」

「そう。で——どういうお付合い？」

牧子は、チラッと明子を見た。

「叱《しか》らないから、正直におっしゃい」

「キスはしたことある。でも、その先はまだ。旅行とか、誘われるけど、断ってる」

本当だろうか？　明子にも、分らない。しかし、いずれにしても、信じるしかないのだから。

「その方がいいわね。何かあると困るのは女の方だから」

と、明子は言った。

「友だちとしてはね、いい子なんだけど。今一つ、夢中になるってほどじゃないの」

と、牧子は割合にクールである。

「でも、二人で出かけたい時は、そう言いなさい。嘘はだめよ」

「うん……。でも、お父さんが——」

「隠せば、ますます面白くないのよ」

「分ってるけど。——今夜のことで、もうすっかり不良と決めつけてるでしょ」

「時間をおくのね。その方がいいわ」

と、明子は言った。「もう寝なさい。明日は学校よ」

「うん」

牧子は、お茶を飲み干して、立ち上った。「おやすみなさい」

「おやすみ」

牧子は、行きかけて、振り向き、

「お父さん、頭のけが、どうなの？」

と訊いた。

「明日、お医者へ行かせるわ」

「レントゲンとか、とった方がいいよ、一応」

「そうね」

「おやすみ」

牧子は二階へ上って行った。

明子は、ちょっと微笑《ほほえ》んで、自分もお茶をゆっくりと飲み干した。

牧子が校長室から出て来ると、タッタッと足音がして、佐伯真知子が駆けて来た。

「牧子！　どうだった？」

「別に」

　と、牧子は肩をすくめた。「待ってたの、わざわざ」

「うん……」

　真知子は、ちょっとメガネを直した。「だって心配じゃない。それにゆうべの電話のこともあるし……」

「ゆうべの電話？　それ何のこと？」

　牧子は、母が真知子と電話で話したことを、聞いていなかったのだ。

「え？　知らないの？」

　真知子は、「黙ってりゃ良かった！」

　と、つい口走ってしまった。

　――真知子の話を聞いて、牧子は笑った。

「頼りない親友ね」

「だって……。うちへ来たことにするつもりなら、そう言っといてよ」

「いいのよ。どうせ、ばれちゃうことになってたんだから」

　二人は、学校を出た。土曜日なので、まだ時間は早い。

「注意されただけ？」

　と、真知子が訊く。

「そうよ。いつもの態度がものを言うわね、こんな時は」

と、牧子が得意げに言う。

二人は、ちょっと笑って、それから真知子が言った。

「良かった。もっと落ち込んでるかと思ってたの」

「私は別に大して。――それより、彼の方が心配よ」

「そうね。でも、お酒飲んでたってだけじゃないの」

「でもね……」

牧子は、足を止めた。

「どうしたの？」

「行ってみるわ、ガソリンスタンドに」

「じゃ、私も」

「いいの？」

「どうせヒマだもん」

「じゃ、付合って。一人じゃない方が、都合いいし」

二人は道をそれて、足を早めた。

彼――名前は米《よね》田《だ》建一《けんいち》といった――の働いているガソリンスタンドまで、バス停二つ分ほどの距離だった。

歩いても二十分はかからない。

「──あれ」と、牧子はガソリンスタンドの前まで来て、「いないな。おかしいわ」

「食事にでも行ってんじゃないの？」

と、真知子が言った。

「──ありがとうございました」

乗用車を一台送り出したところへ、

「すみません」

と、牧子は声をかけた。

「何だい？」

「米田さん、今日は？」

「米田？　あいつ、やめたよ」

牧子は、ポカンとしていたが……。

「やめた？」

「うん。何だか、ゆうべ警察に引っ張られたんだって」

「でも……。じゃ、自分でやめたんですか」

「そうじゃないみたいだよ。何だか誰だかから、電話があって──。ま、早く言や、クビになったんだろ」

牧子の顔がこわばった。

「――どうもすみません」

と、頭を下げ、道を戻って行く。

「牧子！――牧子、どうしたの？」

真知子は、あわてて牧子に追いつくと、「ねえ、何よ、その顔」

「お父さんだわ」

と、牧子は言った。

「え？」

「米田君をクビにさせたのよ。ゆうべのこと、わざわざ知らせて。ひどい！」

「そんなことまで、する？」

「じゃ、誰がそんなことするっていうの？」

「知らないけどさ……」

「許さない！――二度と口なんかきいてやらないから！」

激しく言い切る牧子を、真知子は心配そうに眺めていた……。

4

向井は、コートのえりを立てて、風をよけた。

急に、冬が来たような夜だった。雨は降っていないのに、湿った空気で、濡《ぬ》れてしまいそうな気がする。

向井は、もう一時間も、外に立ち続けていた。——膝《ひざ》が痛んだし、腰にも、鈍い痛みに似た感覚があったが、帰る気にはなれなかった。

何としても、言わなくては……。

ドタドタと足音がして、学生たちが校舎から出て来る。その光景は、他の学校と少しも変らない。ただ、夜だ、ということだけを別にすれば。

「——ともかく、明日にならねえとな」

と、聞き憶《おぼ》えのある声が、ひとかたまりの学生たちの中から、聞こえた。

向井は、ちょっとためらった。米田建一が一人でいると思っていたのだ。

笑い声が、にぎやかにはじける。

しかし、米田の方が、向井に気付いた。

「——用事があったんだ。俺、ここで」

と、米田が他の若者たちと別れる。

米田は、向井の方へと歩いて来た。

向井は、コートのポケットの中で、拳《こぶし》を固く握りしめた。

「向井さん、ですね」

と、米田は言った。

「そうだ」

「何か僕に用ですか」

「だから来たんだ」

米田は肩をすくめて、

「いいですよ、僕は」

向井は、米田と二人で、近くの喫茶店に入った。

「——コーヒー」

と、米田は言って、「ここ、日本茶もありますよ」

「じゃ、日本茶をもらおう」

向井は、そう言ってから、「どうして、私が日本茶を好きだと思ったんだ？」

「彼女がそうです」

「牧子が？」

「ええ。よく飲みますよ、日本茶を」

「そうか……」

向井は、ちょっと出鼻をくじかれた、という気持だった。

牧子が、お茶をよく飲むということに、向井は全く気付いていなかったからである。

向井は、咳払《せきばら》いして、

「君のことだが……」

と、切り出した。「ガソリンスタンドをクビになったそうだね」

「ええ」

「悪かった。そんなつもりで電話したわけじゃないんだ。君の働きぶりを、聞いてみたかった。それだけだよ、本当だ」

「分ってます」

と、米田は肯いた。

「そうか」

意外だった。もっとふてくされているかと思ったのだ。

「——今は、どうしてるんだね」

と、向井は訊いた。

「僕ですか？　勤め先を捜してる所です。すぐにはなかなか見付かりませんよ」

「そうか……」

コーヒーと日本茶が来た。

向井は、少し渋すぎる日本茶を、ゆっくりと飲んだ。――米田は、

「どうして来たんですか」

と、訊いた。

向井は、ため息をついて、

「困っとるんだ」

と、言った。

「何か？」

「もちろん、牧子のことだよ。口をきかないんだ、全然。――どうやら、私が君をクビにさせたと思っとるらしい」

「そうですか」

「会っとるのかね、あの子と」

米田は肯いた。

「たまに」

「そうか……。まあ、娘の付合う相手としては、君のことがあまり気に入らんのは確か

だ」

「でしょうね」

「しかし、あの子も、もう子供じゃない。できることなら、あまり干渉したくはないが……。子供でもないが、だからといって、大人でもない。——分るかね」

「お気持は分りますけど……」

「けど？　何だね？」

「もう、牧子は十七歳ですよ」

「だから何だ？」

米田は、曖昧《あいまい》に、肩をすくめた。

向井は、じっと米田を見つめて、

「牧子は——君の所へ行ったのか」

と、訊いた。

「僕の家ですか？　来たことありますよ。ボロ家だけど——」

「そうじゃない」

と、向井は遮《さえぎ》った。「分るだろう。その——牧子は君と……」

問いかけるのも怖かった。答えるのも怖かったかもしれない。

「牧子と寝たか、ってことですか」

はっきり言われて、却って、向井の方が戸惑ってしまう。

「まあ――早く言えば、そういうことだ」

「ええ」

と、米田が答えた。

間があった。――向井は、

「つまり君と牧子は……」

「この前の日曜日です。こっちも一人でいたんで……。ひどく怒って来ましたよ。もちろんあなたのことを」

「その時に……？」

「ええ。あなたが僕に被害を与えたと思って、やって来たんでしょう。その時に、そのまま――」

「何てことだ」

向井は、首を振った。「それが初めてかね？」

「そうです。その後はまだずっと――」

「当然だ。――約束してくれ」

「何をです」

「二度と娘に手を出さない、と。一度は過ちじゃないとも言う。初めのことは、目をつぶろう」

米田が、軽く笑い出した。

本当にカラッとした笑い声。それは、向井に、「若さ」への強い嫉妬《しっと》を覚えさせるものだった。

「何がおかしい？」

向井は、少しムッとした。

「だって……。目をつぶる、だなんて。僕は牧子とのことを、『過ち』だなんて、思っていませんよ」

「じゃ何だというんだ？　君は高校生だぞ。うちの娘だって――」

「ともかく」

と、米田は強い口調で、「僕と牧子は自由に付合います。あなたが考えているより、牧子はずっと大人ですよ」

向井は、座り直した。

「いかん」

「何ですか」

「二度と娘に会うな」

「残念ですけど、お言葉通りにはできかねます」

妙に大人ぶった言い方が、向井をカッとさせた。

「二度と会うなと言ってるんだ！」

怒鳴っていた。——店のウェイトレスが、

「お客さん、静かにして下さい」

と、文句を言った。

「僕はもう行きます」

と、米田は立ち上って、「じゃ、ここにお金を置きますから」

「俺は警察の幹部にも顔がきくんだぞ」

と、向井は言った。

「だから何です？」

「どこで働こうと、すぐクビにしてやる」

「ご自由に」

米田が足早に店を出て行く。

向井も、あんなことまで言う気ではなかったのだ。カッとなって、抑えられなくなってしまった。

「待て！」

向井は席を立って、米田を追いかけた。「おい、待て！」

「――無茶はやめて下さいよ」

と、明子が言った。

「分っとる」

向井は、そっぽを向いたままだった。

「松山さんにご迷惑ですよ」

明子が言うと、当の松山が、応接室へ入って来た。

「やあ、どうも」

「ご迷惑をかけてすみません」

と、明子が頭を下げた。

「いや、店の方も、大した被害じゃないし、というので、特に弁償していただくほどじゃないと言ってます」

「まあ。でも――」

「出来れば、一度、奥さんが行かれて、一言謝っていただければ。それで充分ですよ」

「すみません、どうも」

「いやいや」

松山は笑って、「お元気で何よりです、向井さんも」

——向井は米田につかみかかり、喧嘩《けんか》になって、あの喫茶店の窓ガラスを割ってしまったのである。

「よく気を付けますので」

と、明子はくり返し頭を下げた。

「どうぞ。お預りした物をお返しします」

と、松山は言って、応接室を出た。

明子がそれに続き、向井も、渋々遅れてついて行った。

「——間違いないのか」

と、廊下で立ち話をしている二人の刑事の声が、耳に入って来た。

「あいつの情報は、確かだと思う」

「今夜の一時？」

「うん。あの五丁目の角のコンビニエンスストアだ」

「困ったもんだな」

と、刑事がため息をついた。

「放っとくわけにもいかねえだろ」

「うん。——何人かやって、周囲を固めとくか」

「店のレジは大学生の男の子一人だ」

「代えると怪しむかな」

「大丈夫だろう。あんな店は年中人が入れかわってる」

「じゃ、誰か若く見えるのを——」

「あなた」

と、明子の声で、向井は我に返った。

「ああ」

「何してるの？」

「いや。——何でもない」

向井は、明子と一緒に署を出た。

一時に、五丁目のコンビニエンスストア。——五丁目の角の。

向井も、パトロールの時、よく通る店である。ちょっと寂しい、人通りの少ない道で、それでも、近所に同類の店がないので、結構客が入っているようだった。

あそこか。——確かに、レジの金を目当てに押し入ろうと思えば、ちょうどいい店かもしれない。

まあいい……。そんな大捕物は、俺の出番じゃないさ。

「——もう会社もやめたんだし」

と、明子は言った。「どこか旅行にでも出たら？　あなた。——あなた」

明子は、夫が足を止めて突っ立っているので、面食らって、振り返った。

「どうしたの、あなた」

「うん？──ああ、ちょっと考えごとだ」

向井は、また歩き出した。

考えごと？　いや、「思い付き」と言った方が正確かもしれない。

その「思い付き」は、向井の心を占領して、離れなかった……。

5

「出て来るよ」

と、向井は、明子に声をかけた。

「こんな時間に？」

明子はびっくりした。「もう十二時を過ぎてるのよ」

「眠れないんだ。なに、じきに戻る」

「でも……。表は寒いわよ。早く戻って来てね」

「分った。──牧子はもう寝たのか」

「ええ」

「じゃ、行って来る」

向井が出て行く。一応玄関で夫を見送って、明子は鍵《かぎ》をかけた。

こんな時間に……。明子は、何となく不安だった。

――向井は、ゆっくりと、人気のない道を歩いて行った。

五丁目の角までは、せいぜい十五分もあれば行ける。あわてることはない。

コートのポケットに、大型の懐中電灯が入っているのを、確かめた。

あいつは来るだろうか？

妙な時間だと思うかもしれないが……。しかし、パトロールを趣味にしているのは牧子から聞いているだろうから、その出先で会おうと言っても、そう不自然じゃあるまい。

それにどうせ、向うだって夜遅いのには慣れているはずだ。

向井は、ゆっくりと道を辿《たど》って行った。

――うまく行くかどうかは分らないが、しかし、やってみる価値はある。

わざと遠回りをして、五丁目の角に出たのは、一時にあと十分、というところだった。

向井は夜の暗がりの中で、そこだけがいかにも派手に明るいコンビニエンスストアの方を見やって、それから周囲へチラッと目をやった。

もちろん、目にはつかないが、警官が何人かこの中に潜んでいるはずだ。

どんな連中か知らないが、楽をして金を手に入れようなんて考えると、ろくなことにはならない。

もういいだろう。向井はコンビニエンスストアに入って行った。

レジの若い男が、チラッと向井の顔を見たが、すぐにまたマンガ週刊誌に目を落とす。

見たことのない顔だ、と向井は思った。またよその署からの応援かな。

今度は殴られないようにしなきゃ、と苦笑いしながら、向井は思った。

買物用のカゴを手にして、店の中を、ゆっくりと歩き出す。

店には三人、客がいた。――女子学生らしい二人連れが、店の静けさを、甲高い声でかき回している。

もう一人は、どこかから単身赴任のサラリーマンという様子の中年男。ていねいに、一つ一つの品物を眺めて歩いている。

刑事だろうか？　それともあの女の子たちが婦人警官か？

向井は、缶詰《かんづめ》の棚《たな》を眺めて、もっともらしく、一つ二つ、手に取っては戻したりした。

あいつはまだ来ないかな。

――米田と、強盗と、どっちが先にやって来るか。

刑事たちの話から、おそらく何人かのチンピラが、ここを狙《ねら》っているらしいと向井は見当をつけていた。

その時に、もしちょうど米田が来合せていたら……。

向井は、米田をその連中の仲間だと見せかけたかったのである。

警官たちが駆けつけた時に、

「そいつも仲間らしい」

と一言耳打ちすれば——。

警官は向井の言葉を信じるだろう。

もちろん、後になって無関係だったと分るかもしれないが、警察は一旦《いったん》疑ったら、そう簡単には釈放しない。

いくら牧子でも、恋人がコソ泥《どろ》の仲間とあっては、幻滅するに違いない。

向井の計算は、そう高い確率で成功するとも思えなかったが、しかし賭《か》け、というほどのものでもなかった。

「——わあ、これ安い」

と、女の子の声が、店内に響く。

店の入口の方へ目をやると、ちょうど米田が現われた。

向井は、わざと米田の目につかない棚のかげに入った。——うまく時間を稼《かせ》げれば……。

「ねえ、二つ買っとこうよ」

「でも、もっと安くなるかもよ」

「だって、そう毎晩は来らんないしさ」

「そうねえ……。じゃ、これでいいかな」

二人の女の子が、カゴを手に、レジへと向う。

レジの男が、欠伸《あくび》しながらマンガ誌を下に置いて、レジの前に立つ。

「いらっしゃい……」

また欠伸をしている。

もう一人の、サラリーマンらしい男も、その女の子たちの後ろに並んで立った。

米田は、向井がまだ来ていないと思ったのか、自分もカゴを手に、カップラーメンなどをいくつか放り込んでいる。

「——二千八百十円です」

レジがチーンと鳴った。

「三千円と……十円あるわ」

女の子の一人が財布を出す。

向井は、米田が、棚の間をやって来るのを見た。

米田が向井に気付いた。

「何だ、いたんですか」

米田が、歩いて来る。

と——ガシャン、と何かが落ちる音がした。

「キャッ！」

甲高い叫び声。

「金を出せ！　レジの中のを全部だ！」

怒鳴っているのは、あのサラリーマン風の男だった。

向井と米田は、レジが見える所まで駆けて行った。

「止れ！　撃つぞ！」

拳銃を持っている。向井と米田は、ピタリと足を止めた。

「早く出せ！」

レジの男の子が、レジの中から金をつかみ出して、カウンターへ置く。

「あっちへ行ってろ！」

男がわめくと、二人の女の子は、抱き合うようにして、座り込んでしまった。

「——こんだけですよ」

大した金額ではなかったが、男は、左手でそれをポケットへとねじ込んだ。硬貨が落ちて転がる。

警官は？　どこにいるんだ？

向井は、コートの中の懐中電灯を握りしめた。

「そっちへ行け！」

男が怒鳴った。――拳銃は本物だろうか？　しかし、ただおどかすだけなら、オモチャだって充分だろう。

「――やめるんだ」

と、向井は言った。

「何だと？」

男が振り向く。米田が、向井の腕に手をかけて、

「危いですよ！」

と、言った。

向井は構わずに、

「そんなことしても、逃げられないぞ」

と前へ進み出た。

「やかましい！　死にたいのかよ」

「警官が待ってるぞ、外で」

「何だと？」

男が青ざめた。

「ここが狙われるのは分ってたんだ。だから、みんな待ち構えてる。悪いことは言わん。それを捨てなさい」

いささか話が違って来てしまったことは確かである。犯人が一人では、米田を仲間だと言うわけにもいかない。

しかし、米田の目の前で、青くなって震えるなんてざまを見せるわけにはいかないのだ。

「ふざけるな！」

と、男が銃口を向井へ向けた。「引っ込んでないと撃つぞ」

米田が、向井の前に出た。

「分ったから、早く出てけよ」

と、米田が言った。

「おい！」

向井が憤然として、「余計なまねをするな！」

「けがしたいんですか！」

と、米田は言った。「無茶はやめて下さい」

「逃げるぞ」

男が、店を出ようとする。向井は、

「待て！」

と、叫んで、飛び出していた。

「危い！」

米田が急いで後を追う。

向井は、男にぶつかって行った。二人がガラス扉《とびら》に一緒に衝突する。

と——拳銃が、パン、と激しい音をたてた。

米田が、足を押えて倒れる。

「こいつ！」

向井は夢中で、男の手首をつかんだ。

二人は床に転がった。

向井は、相手が拳銃を左手に持ち直して、銃口を自分へ向けるのを見た——。

「全く——」

と、明子が精一杯顔をしかめて、「いい加減にして下さいな」

向井は、ぼんやりとして、警察署のベンチに腰をおろしていた。今になって、膝が震えて来る。

「やあ、どうも」

松山が、汗をふきながら、せかせかとやって来た。

「松山さん。——どうですか、あの人の傷は？」

「ああ、あの米田君という若者ですね。いや、かすり傷です。大したことはありませんよ」

「良かったわ。じゃ、歩けなくなるとかいうことは……」

「大丈夫ですよ、そんなことはありません」

と、松山は言った。「それにしても、向井さん、危いことをやられたもんですな」

「いや……」

「あの店を、偶然やられるなんてね。——実は、チンピラたちが、あそこをやりそうだという情報が入っていたんですが、少し前になって、別の所へ入りましてね。そしたら、今度は別口があの店を……」

向井はゾッとした。——警官はいなかったのだ！

「あの男ですがね、どうやらこのところ捜してた強盗殺人犯らしいですよ。まだ吐いちゃいませんが、まず間違いなく」

「殺人犯……」

明子が青ざめて、「人を殺してるんですか！」

「おい、明子！」

向井は、よろけた妻を、あわてて抱き止めた。

「あなた！」

「何だ、急にでかい声を出して」

「もう二度とやらせませんからね！」

明子がこんなに怒った声を出したのは、初めてである。

「ああ……。分ったよ」

「最後を飾るにふさわしい大物ですよ」

と、松山は笑って言った。「警視総監賞ものだな」

――米田が、松葉杖《まつばづえ》をついて、やって来た。そばに牧子がついて歩いている。

「大丈夫？」

と、明子が声をかけた。

「ええ」

米田は肯いて、「しかし、無事で良かったですね」

向井は、立って行くと、

「――すまなかった」

と、言った。「君のことを……誤解していたようだ」

「僕は――」

「口きかないで」

と、牧子が遮った。「死ぬなら自分で勝手に死んでよね。この人まで道連れにしないでちょうだい！」

「牧子――」

「行こう」

と、牧子は米田を支えるようにして、歩いて行った。

「――あの人にお礼を言わなきゃ」

と、明子が言った。「あの人が飛びかかって銃をとりあげていなかったら、殺されてたのよ」

「うん……」

向井は、牧子に怒鳴られながら、嬉しい気持だった。

今までは、人の罪を見付けることが楽しみだったのだ。しかし――そんなことは、虚《むな》しい栄誉でしかない。

「おい」

と、向井は言った。

「何ですか」

「牧子の奴……。また口をきいてくれるかな」

「大丈夫でしょ」

と、明子は微笑んだ。「お父さんと一緒で、お茶の好きな子なんですから」

「そうか」

向井は、肯いた。「そうだな」

それから、明子の肩を軽く抱くと、ゆっくりと出口に向って歩き出した。

相似形の明日

1

その朝は、たまたま悪い条件が重なっていたのだった。

そうでもなければ——朝吹晴子《あさぶきはるこ》は、決してぼんやりしているわけでも、反射神経が鈍いわけでもなかったのだから、そんなことにはならなかっただろう。

いささか季節外れにやって来た台風は、中途半端《はんぱ》にそれて、強い風の尻尾を、朝吹家の辺りに引っかけて行った。

その朝——TVのニュースにとって、台風はすでに「過去」のことにすぎず、ほんの一分たらずの情報で片付けられてしまった。

晴子はいつも通り、紅茶とマフィンの朝食をとりながら、

「もう大丈夫だね」

と、母親の千春《ちはる》に言った。「良かった。嵐《あらし》の中、出てくのなんていやだもんね」

「でも、風は強そうよ」

と、千春は窓の方へ目をやった。

といって、窓から何か見えるわけではないのだ。見えるのは、この春、視界をふさぐように建ったマンションだけで、実際、少し暗い時には、雨が降っているのかどうかさえ、はっきりしない。

「今日はテスト返って来るから、休みたくないんだ。後で一人だけもらいに行くのなんて、いやじゃない」

「点数によるんじゃないのか」

と、父親がダイニングキッチンへ入って来た。

「お父さん、早いね、今朝は」

晴子は、目を丸くした。

「出張だ。——九州まで行くのに一泊二日だぞ。全く、ケチな会社だ」

朝吹昇《のぼる》は、ワイシャツにもうネクタイもしめている。母親の千春が少し呑気《のんき》屋《や》の分、父親はせっかちな性格で、朝も千春に起こされることはめったにない。

「飛行機、大丈夫かしら」

と、千春が心配している。

「今のニュースで言うわよ、何かあれば」

「そうね。——晴子、もう出たら？　もし降ってると——」

「あと五分」

と、晴子は言ってから、「そうか。お父さんと二人で朝ご飯を食べたいわけね。失礼しました」

「馬鹿《ばか》言わないの」

と、千春が苦笑する。

晴子は紅茶で口の中のマフィンを溶かすようにして流し込むと、立ち上った。お弁当を鞄《かばん》に入れ、後は出るだけ。

玄関の鏡の前に立って、どこかおかしくないか、一応チェックする。――中学、高校と六年間続いたブレザーの制服も、あと半年。高校卒業までだ。

よく着たよ、本当に、と晴子は鏡の中の我が姿を眺《なが》めて、つくづく思った。もうこの格好が鏡に焼き付いて、何を着てもブレザーに見えるんじゃないかな。

十八歳。――朝吹晴子は私立の高校に通っている。この家からは、駅まで歩いて十分、電車で三十五分。

この鏡は、小っちゃくて、あどけなかった中学の一年生から、ずっと毎朝の晴子を映して来た。もちろん今は背も伸びて――伸びたのは中学の三年辺りからだ――母をとっくに追い抜き、父と並びそう。

一時はヒョロッとしてアンバランスだった体つきも、高校二年生ぐらいからはふくらみも出て、今はすっかりいいプロポーションになった。こうして毎朝、晴子はひそかに「自《うぬ》惚《ぼ》れの罪」を犯しているのである。

「見とれてるのか」

いつの間にやら、父がやって来ていた。

「違うわよ！　おかしくないか見てるだけじゃない。いやなお父さん！」

赤くなって、少しむきになりながら、晴子は父親をにらんでやった。それから、パッと靴《くつ》をはいて、

「行って来ます！」

と、もう背中を向けながら、玄関の扉《とびら》を開けている。

――それほどでもない、と思ったのだが、出てみると表の風は相当なものだった。雨も、小降りではあるが、まだ降っている。

鞄の中の折りたたみの傘《かさ》を出して、さすしかなかった。本当は、戻って大きな傘を取って来れば良かったのだが、つい面倒で。それに、すぐ上るだろうし、と思ったのだ。

駅までの道は、まともに正面から雨が吹きつけて来た。――晴子は、不機嫌《ふきげん》になっていた。

こんなひどい状態だなんて、誰も言わなかったじゃないの！

ともかく、どうしても傘を前へ傾けてささなくてはならないので、前方がよく見えない。

――道はやっと車がすれ違える狭さで、あとほんの数十メートル行くと、広い通りに出る。

晴子は道の左側を歩いていた。いつもなら、そんなことはないのだが、その先で右へ曲らなくてはならないので、道の右側へ移ろうとしたのだ。

すぐ後ろから車が来ていることに、全く気付かなかった。

ドン、と激しく押されて、足がもつれる。キーッとブレーキの鳴る音。――晴子は倒れる代りに、よろけてすぐそばの電柱にぶつかった。

アッと短く声を上げたのは――車がハンドルを切っていたらしく、その電柱にサイドミラーが当って、顔のすぐそばで鏡が砕けたからだった。顔に鋭い痛みがあって、同時に、電柱に打ちつけた右肩が、焼けるように痛んだ。

鞄が手から落ちる。――傘は、車のタイヤの下で、ただのぼろ布と折れ曲った針金になってしまっていた。

晴子は、その場にしゃがみ込んだ。気が遠くなりそうで、車から出て来た人が、上ずった声で、

「けがは？　大丈夫？」

と、呼びかけて来るのを、ぼんやりと聞いているばかり……。

「気を付けてよ、もう……」

母の千春の声は震えていた。

「お母さんの方が青くなって」

と、晴子は多少無理をして平静を装っている。「どっちが患者か分んないよ」

「呑気なこと言って！」

「お父さんは？」

晴子は、病院から出て、言った。

「もっと青くなってたわよ」

と、千春は言った。「でも、大したことない、って分って出かけたけど。今夜、電話するって、向うから」

「晴れたね」

――朝の、あの風と雨が嘘《うそ》のようだ。

青空は、見上げるとまぶしいほど、空そのものが輝いている。少し暑くさえなりそうだった。

「――休んだら？」

と、千春は歩きながら言った。

「大丈夫よ。お医者さんだってそう言ったじゃない」

「そりゃそうだけど……」

「週番だし。休みたくないの」

晴子は、腕時計を見た。「今から急げば、お昼休みが終る前に着ける。じゃ、私、そこからバスに乗っていく」

「分ったわ」

と、千春は諦《あきら》めた様子で、「でも、寄り道しないで、真直《まっす》ぐ帰るのよ」

「子供じゃないのよ」

と、晴子は言ってやった。「あ、バス、来た。じゃあね」

と、駆け出す。

良かった。母のことだ。きっと、バスが来るまでバス停で待っていただろう。

――バスが動き出し、座席に落ちつくと、晴子は、ゆっくりと息を吐き出した。

もちろん、受けたショックは大きかった。――車にぶつかった瞬間の、あの圧迫感は、骨まで凍らせるかと思うほどの恐怖で、晴子を縛り上げた。しかし……結局、晴子は無事だったのだ。

無事?――そう、「無事」には違いない。だが、別の意味で、晴子は動揺していたのである。

「――奇跡だね」

と、医師は言った。「あれだけの事故で、どこにもけががないし、骨も折れていない。運が良かったね、君は」

そうなのだ。

不思議だった。——ただ単純に「良かった！」と喜ぶには、晴子は自分の「記憶」を疑うことができなかったのだ。

こんなことがあるだろうか？

そっと手で自分の顔に触ってみる。——あの時、顔のすぐそばで、サイドミラーが砕けた。そしてはっきりと感じたのだ。破片で頰《ほお》を切る痛みを。

そして右肩も、ひどい勢いで、電柱に打ちつけて、目がくらむほど痛んだ。何ともなかったとは、とても思えない。

骨が折れないまでも、ひびが入るぐらいのことはあって当然だった。しかし——今、手で触れても、その右肩には少しの痛みもない。

こんなこと、あるのだろうか？　診察でブラウスを脱いでみて、あざ一つないので、晴子は目を疑ったものだ……。

もちろん、痛い思いをしたいわけではない。何ともなくて良かった、と思う。ただ——この結果に、どこかまともでないものを感じて、不安だったのである。

晴子は、ちょっと笑った。——何でもなかったのに、何が不満なの？

そして深呼吸してバスの窓から外を眺めた。光が、溢《あふ》れるように降りそそいでいる。

2

「晴子！　大丈夫だったの？」

と、教室へ入って行った晴子の方へ駆けて来たのは、大橋《おおはし》明日香《あすか》だった。

高一の時からの仲良しで、体つきは晴子より大分がっしりしている。大らかそうな見かけに比べ、大分神経の細いところがあり、のんびり屋の晴子とは、却《かえ》っていいコンビだった。

「うん。心配してた？」

と、晴子は訊《き》いてやった。

「当り前でしょ！　どこか、けがしたの？」

「うん……。ちょっとぶつけたくらいで。けがってほどのこと、なかったわ」

「何だ、良かった！」

と、大橋明日香は息をついて、「先生が、大変な事故だったようなこと言うからさ、青くなったわよ」

「ごめんごめん」

と、晴子は自分の席についた。

バスがうまい具合に来て、思ったより早く学校へ着いた。昼休みはまだ二十分もあった。

——女子校特有のにぎやかな昼休み。晴子の事件にも、もちろん関心はあるのだろうが、たいていの子は、晴子に気付くと、

「あ、生きてるじゃない！」

と、ふざけて声をかけて来るだけで、それ以上、詳しく訊こうとはしない。

晴子は、急いでお弁当を出して食べ始めようとした。——弁当箱の端が割れている。

「この弁当箱が、身代りになって、晴子を守ってくれたんじゃない？」

と、明日香が真面目《まじめ》な顔をして訊く。

「そうかもね」

と、晴子はおどけて、「これを神棚《かみだな》にでもまつって、お祈りするか」

二人で笑っていると、

「朝吹さん」

と、やって来たのは、担任の馬淵《まぶち》先生だった。「大丈夫なの？」

「あ、先生。ご心配かけました」

「元気そうね。良かったわ」

もうすぐ四十になる馬淵恭子は、今でも色白の「お嬢さん顔」で、若く見える。生徒た

ちにも人気のある教師の一人だった。

「お弁当を食べたらね、職員室へ来てちょうだい」

と、戻りながら、振り返って、「急がなくていいのよ」

と、付け加えた。

「――急いで食べなきゃ、お昼休みが終っちゃうよ」

と、馬淵恭子が行ってしまうと、晴子は言って、あわてて食べ始めた。「そうだ。――ね、明日香、例の転校生って、来たの？」

「それが来てないの。みんな肩すかし」

「へえ。どうしたんだろうね」

高校三年からの転校生というのは珍しい。よほどの事情があるのだろう。今日からこのクラスへ入って来るという話だったが、結局来なくなったのだろうか？

石垣《いしがき》博子《ひろこ》。――その名前を知っているのは、晴子が今週の週番だからである。

「――あなた、悪いけど」

と、職員室で、馬淵恭子は晴子へ言った。「帰りに寄ってほしい所があるの。病院へ寄るのなら、いいんだけど、他の子に頼むから……」

「いえ、私は別に」

と、晴子は首を振った。「どこへ寄るんですか？」

「それがね――やっぱり病院なの」

と、馬淵恭子が言ったので、晴子は、面食らった。

石垣博子が……けが？

「――びっくりしたわよ、本当に」

と、馬淵恭子は、机の上のファイルを開けて、「あなたの事故の知らせで青くなってたら、今度は……。時間になっても来ないし、連絡もないから、どうしたのかな、と思ってたのよ。そしたら、十時半ごろかしら。病院から電話で、お宅の生徒さんが入院してます、って」

「どうしたんですか？」

「やっぱり車に引っかけられた、とか言うんだけどね。ともかく登校第一日目ですものね。本人もショックでしょう。あなた、帰りに寄って、慰めてあげてくれる？　生徒が行った方が嬉《うれ》しいと思うの」

「分りました」

「悪いわね、あなたも大変だったのに」

「いいえ、構いません」

正直なところ、その転校生に早く会ってみたいという気持もあったのである。「でも、先生――」

晴子が言いかけた時、午後の授業の五分前を告げるチャイムが鳴った。晴子は、職員室を出た。

週番が遅刻するわけにはいかないのである。――また訊く機会もあるだろう。どうして、その「石垣博子」が、今ごろ転校して来たのかを……。

「あれがそうかな」

と、明日香が言った。

「らしいけど……」

晴子はためらった。――はっきりそうだ、と言うのを。その子に違いなかったのだ。ちゃんとそのベッドだと聞いて来たのだから。

「ひどいね」

と、明日香は顔をしかめた。

どうしても、と言って、晴子にくっついて来たのだ。晴子も、一人より二人の方がしゃべりやすいかと思って、連れて来た。

病院のベッドで眠っている様子の、その少女は、頭から顎《あご》へと包帯がいく重にも巻かれて、しかも右の肩から、体全体をグルグルと包帯で巻かれていた。一見して、ギクリとするほどのひどいけがらしく見えたのである。

近付くのも何となくためらわれて、晴子と明日香が顔を見合せていると、その女の子は、ゆっくりと頭をめぐらせて二人の方を見た。

「何か……」

と、あまり口を動かさずに、低い声で言った。

「ごめんなさい。あの――」

晴子は、持って来た花束を手にして、ベッドの方へ近付くと、自己紹介して、「私たち、今度同じクラスなの。大変だったわね」

「まあ……。ごめんなさい」

と、石垣博子は微笑《ほほえ》んで、「わざわざ……。びっくりしたでしょう？」

「けがの具合は？」

「見かけは凄《すご》いけど、大したことないの」

と、石垣博子は言った。「ごめんなさい、大きな声が出せなくて、ガラスで頬を切ったもんだから。動かすと痛いの」

「じゃ、無理にしゃべらないで」

「いえ、これぐらいなら……。右の肩を打ってね。打撲傷っていうの。――別に骨とかには異常ない、ってことなんだけど……。この大げさな包帯でね、びっくりしちゃうのよ、みんな」

「大したことなくて良かったわね」

と、明日香が言った。「早く出て来てね」

「ありがとう……。三日もすれば、登校できると思うわ」

——晴子は、言葉が出て来なかった。

頰をガラスで切った。そして右肩を打った……。そんなことがあるだろうか？

私とこの子が、全く同じように車に引っかけられるなんてことが。

「どんな……風だったの？」

と、訊く声は、少しかすれていた。

「このけが？——私の不注意で、後ろから来た車に気付かなかったの」

と、石垣博子が言って、頰の傷が少し痛んだのか、顔をしかめた。

「そんなこと、いいじゃない」

と、明日香が晴子をつつく。

明日香は、けがとか血とかに弱い。他人が痛がっているのを見ると、自分まで青くなるのだ。

「うん……。ごめんなさい。ゆっくり休んでね」

と、晴子は言った。「お花……そこへ飾ってもいい？」

「ええ。ありがとう」

「お母様がみえてるんでしょう？」

「母は……働いてて、忙しいの」

と、石垣博子は、目をそらして言った。「花はその空の花びんに――。ありがとう」

花びんに水を入れて、花をさし、二人は病室を出た。

「――疲れた」

と、明日香は大げさに息をつき、「晴子、でも良さそうな子じゃない？」

「そうね」

晴子は、微笑んで、「友だちになれそうだわ」

と、言った。

その夜、晴子が風呂《ふろ》から上ると、

「あら、出たの？」

と、母の千春が顔を出した。「お電話よ」

「誰から？」

「石垣さんって方」

濡《ぬ》れた髪を拭《ふ》いていたバスタオルが止った。

「――石垣？」

「ええ。女の人。何だか今日、病院にどうとか、って……。何のこと?」

「分った。出るわ」

石垣博子が? どうしてわざわざ電話をして来たのだろう。あのひどいけがで。

受話器を取って、口を開く前に、少し沈黙が必要だった。

「――お待たせして、ごめんなさい」

と、晴子は言った。「けがはどう?」

ことさらに、打ちとけた口のきき方をしてみた。

「朝吹晴子さんですね。私、石垣博子の母ですの」

晴子はあわてた。考えてみれば、母親がお礼の電話をかけて来るというのは、至って当り前のことではないか!

「すみません、つい、博子さんかと思って」

「いいえ」

と、なめらかで心地よい声が言った。「わざわざ寄って下さったそうで。本当に喜んでいましたわ、博子が」

「いいえ、とんでもない」

いやになるくらい、ありふれた言葉しか出て来なかった。「早く出て来られるといいですね。クラスのみんな、楽しみにしています」

「ありがとう。本人も、初日から、こんなことになって、ずいぶん落ちこんでいたんです。でも、おかげさまですっかり明るくなって……」

「あの——博子さんを引っかけた車、見付かったんですか」

晴子は、自分でもほとんど気付いていない内に、そう訊いていた。

「車？　いいえ、逃げてしまって。博子も、突然のことで何も憶《おぼ》えていないようですから、見付からないでしょうね。骨とか、何ともなかったのが幸いです」

「本当ですね。——お大事に」

「これからもよろしくお願いします」

博子の母は、ていねいに、電話口で頭を下げていただろう。声を聞いただけで、晴子には想像がつくのだった。

——電話を切ると、千春が不思議そうな顔で立っている。

「何の話なの？　車がどうとか——」

晴子は、石垣博子のことを、母に何も話していなかった。

「うん……。今度、うちのクラスへ入る子なの」

仕方ない、晴子は、石垣博子のことを説明してやった。もちろん、話していない。彼女が自分と同じところをけがした、ということは。

いや、正確に言うと、「自分がけがするはずだったところ」ということだ……。

「まあ、偶然ねえ！」

と、千春はびっくりしている。

「そうね」

晴子はバスルームへ戻って、ドライヤーで髪を乾かした。

――偶然。そう、偶然に決ってるよね。

私が何一つ、けがしなかったことも……。

「晴子、お父さんが電話して来てるわよ」

と、千春が、ドライヤーの音に負けずに大声を出す。「出られる？」

「うん！」

晴子は、ドライヤーのスイッチを切ると、また電話へと急いだのだった……。

3

「明日香！　頑張《がんば》って！」

と、晴子は思い切り大声を出した。

これぐらい声の響く所だと、大声を出すのも快感である。――おかげで、「応援団」は、それほどの人数でもないのに、声の迫力では相当なものだった。

ボールが床にはね返ると、その音がバーン、と体育館の中に反響する。もちろん高校生だから、大したサーブやアタックではないのだが、音を聞いていると、さも強力なようだ。

「接戦ね」

と、隣に座った石垣博子が、少し身を乗り出すようにして、言った。

「どっちもいい勝負ね」

と、晴子は肯《うなず》いて、「うちの学校が、まともに対戦できるのっていったら、ここぐらいなのよ」

「まあ」

と、博子は笑った。「――あ、大橋さんのサーブ」

「明日香！　行け！」

と、晴子が口でメガホンを作って叫ぶと、明日香も気付いて、手を振った。

「朝吹さん、やらないの？」

と、博子は訊いた。

「私、競技ってだめなの」

晴子は、真面目な顔で言った。「人と競うっていうのが苦手なのね。勉強も」

博子が笑った。声をたてて笑うのは、珍しい。

——石垣博子は、あの事故の四日後から登校して来た。

頬にはいくつか切り傷が残っていたが、右肩は何ともない、ということで、何となく晴子もホッとしたものだ。

博子は、至っておとなしく、物静かな女の子だった。少し体が弱そうに見えるのは、顔色が白いのを通り越して、やや青白く見えたせいもあるかもしれない。

しかし、クラスの中にごく自然に溶け込んで、三週間たった今では、誰も特別な目で博子を見る者はいなかった。

「あ、やった！」

学校対抗のバレーボール。バレー部の明日香を応援するために、晴子は放課後も残り、博子もそれに付合っているのだ。

「凄い凄い！　力任せだ」

と、晴子は拍手した。「これで逆転！」

何となく、晴子は、この石垣博子とよく一緒にいるようになった。どうして、ということもないが、やはり、あの「事故」の記憶が、二人を近付けたのかもしれない、と晴子は思っていた。

「石垣さん」

と、声がして、振り向くと、担任の馬淵恭子が二人の座っているベンチの方へやって来た。

「はい、先生。何ですか？」

と、博子が立ち上る。

「あのね、お宅に電話してたんだけど、つながらなくて。お母様に伝えてほしいことがあるの」

「すみません。うち、電話の調子が良くなくて……」

「いいのよ。お仕事持ってらっしゃるんでしょ？　忙しいでしょうね」

と、馬淵恭子は言った。「この手紙、渡してちょうだい」

「はい」

「中を読んでいただけば分るわ」

「分りました。――母、ちょっと仕事で二、三日留守なんですけど、少し後でいいですか？」

「構わないわよ。じゃ、あなた今、お家で一人？」

「そうです」

「まあ。――気を付けるのよ」

「大丈夫です」

「じゃ、よろしくね」

と、馬淵恭子が立ち去るのを、博子は立って見送っていたが……。

その博子を、晴子は見ていて、気付かなかった。強烈なサーブをレシーブしたボールが、見当外れの方向へ飛んで——。

「晴子！」

と、明日香が叫んだ。「危い！」

博子がパッと振り向く。晴子は、コートの方へ顔を戻して——白いボールが目の前に飛んで来るのを——真正面だった。よける間もない。目をつぶった。

バン、と激しい音がした。しかし——倒れたのは、晴子ではなかった。博子がベンチに伏せるようにして倒れる。

目を開けた晴子は啞然《あぜん》とした。ボールが、ベンチの間を大きくはねて行く。

「——博子！」

晴子は、博子を抱き起こした。「博子！　しっかりして！」

声を聞いて、行きかけていた馬淵恭子が戻って来る。

「まあ大変！」

「大丈夫？」

と、コートから明日香が駆けて来る。

「気を失ってるみたいだわ」

と、馬淵恭子は博子の上体を起こして、「ね、手伝って！ 保健室へ運びましょう」

だが、晴子たちが博子の手足を持ち上げようとすると、当の博子が目を開いた。

「あ……。どうしたんだろ、私？」

「ごめんね！」

と、明日香が言った。「ボールがぶつかったのよ、もろに」

「どう？ 大丈夫？」

と、馬淵恭子が訊く。

「ええ……。何だかクラクラするけど、大したことないです」

と、博子は肯いた。「こぶもできてないみたい」

「気を付けて！ またけがさせたら、申し訳ないわ」

と、馬淵恭子が言った。「帰った方がいいんじゃない？ それとも、少し保健室で横になる？」

「私、ついて行きますから」

と、晴子は言った。

「そう？ じゃ、朝吹さん、お願いね」

「はい」

晴子は、少しふらつく博子の手を取って、「じゃ、一旦《いったん》教室へ戻ろうよ……」

と、言ったのだった。

「ごめんなさい」

と、博子が言った。

「何が？」

電車で、二人は幸い空席を見付けて座ることができた。

「大橋さんの試合、途中までしか見られなくて」

「いいのよ。同じことだわ」

と、晴子は微笑んだ。「それより――博子、って呼んでいい？　私のことは晴子、って呼んで」

「ありがとう。――晴子」

と、少し照れくさそうに言う。

「お母さん、いないんでしょ、今夜」

「ええ」

「じゃあ……うちで一緒に夕ご飯、食べない？　うちも一人っ子だし、どうせ父は遅いしね。もし、いやでなければ」

「でも……突然、お邪魔しちゃ――」

「私の家よ。邪魔なもんですか。いいでしょ？」

ためらってから、博子は黙って肯いたが、嬉しそうに頬が少し上気していた。

——晴子は、動揺していた。それを隠すための、「招待」でもあった。いや、確かめたかったのかもしれない。

何を？

あのボール。——あのバレーボールは、確かに晴子に向って飛んで来たのだ。

間違いない。ボールは目の前に来て、晴子はパッと目をつぶった。それがやっとだった。

ところが——ボールが当って、倒れたのは博子だったのだ！

一瞬のことでもあり、明日香たちは、本当にボールが博子へ当ったのだと思ったらしい。

しかし、実際には、晴子はベンチに座っていて、博子は立っていた。二人の間は、少なくとも二メートルくらいは離れていたのだ。

ボールが、あそこへ来て突然向きを変えるわけがない。——確かにボールは晴子に当ったのだ。

でも、晴子は何ともなく、博子がその打撃を受けて、倒れた……。

同じだ。——あの時と。あの事故の時と。

こんなことがあるだろうか？　こんな奇妙なことが……。

「ごちそうさまでした」

と、博子はきちんと茶碗《ちゃわん》にはしをそえて、頭を下げた。

「お口に合ったかしら？」

と、千春は楽しげである。「晴子も少し見習って。ほら、石垣さん、あんなにきれいに食べてるじゃないの」

「やめてよ、変な比較するの」

と、晴子は母をにらんでやった。「私だって、よそへ行けば、ちゃんと食べるわ」

「そうかしら。——フルーツを出しましょうね。リビングで待ってて」

「あ、もうお構いなく。私、そろそろ失礼しないと」

「いいでしょ。すぐだから」

千春は、そわそわしてすらいる。

「——舞い上ってる」

と、晴子は笑ってソファに座った。「長らく、『いい子』に会ったことないからじゃない？」

「ちっとも、いい子なんかじゃないわ、私なんか」

と、博子は微笑んだ。「でも、あったかくて、すてきなお家」

「そうかなあ。住んでると、良く分らないわね」

と、晴子は言った。「あなた――お父さんは？」

「父は……行方不明なの」

と、博子は意外なことを言い出した。

「行方不明？」

「ええ。私が小さいころに――ふっと急にいなくなった、って。母はそう言ってるの。でも、きっと何か事情があったんでしょうけど。母は、何も話してくれないわ」

「そう……。じゃ、大変だったでしょ、お母さん」

「そうね。でも……もう仕事してたから、母は。私がものごころついたころにはね。だから、ずっと二人でやって来て……。それが当り前だと思ってるわ」

と、博子は言った。

晴子は、ずっと訊こうと思って、訊いていなかったことを、今、口に出してみようとした。

どうして、今ごろ急に転校して来たのか、を。――しかし、口を開きかけた時、玄関で物音がした。

「ただいま」

と、声がする。

「父だわ。今日は珍しく早い」

と、晴子は、ソファから立ち上った。「あなたが来たこと、知ってたのかな」

笑いながら玄関へ。

「早いね、今日は」

「晩飯《ばんめし》は？　もう食べたのか」

と、父が靴を脱いで上って来る。

「ついさっき」

「そうか。残念だな。一緒に食えるかと思ったのに」

と、父は言った。

「あなた、お帰りなさい」

と、千春が出て来る。「電話してくれれば待ってたのに」

「でも、博子が」

と、晴子は言った。

「そうね。待っていただくことになったわね、そうなると」

「博子？」

「お友だちなの。——ね、博子、うちの父」

居間へ入って、晴子が紹介する。千春は台所へ入って行った。

「お邪魔してます」

博子が立ち上って、頭を下げた。「石垣博子です」

「どうも、いらっしゃい」

父が、軽く会釈《えしゃく》をして——。

ドン、と音がして、父の手からアタッシェケースが落ちた。

「お父さん、何やってんの？」

晴子は笑って、父の顔を見たが……。

父は、晴子のいることなど忘れたかのように、じっと博子を見つめている。瞬《またた》き一つせずに。

「お父さん……」

晴子は、父の腕をつかんだ。父がハッと我に返ると、

「いや——失礼」

と、言った。「ゆっくりしてって下さい」

パッとアタッシェケースをつかんで、居間から、逃げるように出て行ってしまった。

「お父さんたら……」

晴子は、博子の方へ目をやった。

博子は、心もち青ざめて見えた。そして、

「もう、失礼するわ。母から電話がかかると思うから。いないと心配するもの」

と言って、鞄を手に取った。

「送るわ」

「いいえ、大丈夫。――お邪魔しました」

と、台所へ声をかける。

玄関を出た博子に、

「ね、博子。どうしてあなた――」

と、晴子は言いかけた。

「え？――何？」

振り向いた博子の顔は、薄暗く、かげになっていた。晴子は、首を振った。

「何でもないの。――ごめんね、引き止めちゃって」

「ううん。ごちそうさまでした」

「また明日」

「うん。――明日ね」

博子が足早に遠ざかって行く。

――あれは、涙だったんだろうか。

晴子は、今、博子の目が光って見えたことを、思い出しながら、考えていた……。

「――そう。明日香んとこに寄って、ノート、ちょっと写させてもらうから。――うん、そんなに遅くならない」

早く帰るのよ。――母の、くどいくらいの言葉に、多少苛々《いらいら》しながら、晴子は、やっと電話を切った。

4

電話ボックスを出て、左右へ目をやる。

大丈夫。明日香にも、「アリバイ作り」を頼んであった。もちろん、本当の理由は言っていない。

男の子と会うの、と言ってあった。何といっても、それが一番説得力がある。

晴子は、ポケットから、折りたたんだ紙を出した。広げて、周囲を見回す。

職員室で、こっそりコピーして来た、博子の〈調査票〉である。〈自宅までの地図〉の欄があり、そこがほしかったのだ。

一応、地図を書かせたりはするものの、実際に先生が生徒の自宅を訪ねることは、まれである。だから、この地図も、そうあてには……。

大体、晴子は方向に弱い。――バスを降りたはいいが、地図がやや不正確なのと、辺りがもう暗くなって来ていたので、捜し当てるのは容易じゃなかった。

少しごみごみした町並の間を歩きながら、自分へ問いかける。

――どうしてこんなことをしているんだろう?

謎《なぞ》があれば解きたいと思うのは、自然なことだろう。しかし――これは単純な謎ではなかった。

一体、石垣博子は、誰なのか。

晴子の代りにけがをし、ボールを受けた子。――あり得ないことだが、事実、あったのだ。

そして、博子を見た時の、父の驚きようは……。あれは、ただごとじゃなかった。

あの後、父は、いつもと変らずにふるまっていたが、晴子に、博子のことを何一つ訊こうとしなかった。それはどう考えても不自然である。

――父は知っているのだ。博子のことを。

では――誰なんだろう?

父と博子では、どう見ても三十年近い年齢の差がある。一体どういうつながりがあるというのだろうか。

――考えはあった。ごく当り前に浮ぶ考えだが、あの博子が、父の子かもしれないということ。

母親と似ていて、それで父をびっくりさせたのかもしれない。しかし、それが事実でも、あの「奇妙な出来事」を、説明してはくれない。

それに、どう見ても、父と博子に似たところを、見付けられないのである。晴子自身との間にも。

「――この辺だけど」

と、晴子は、キョロキョロと周囲を見回した。

しかし、もうすっかり暗くなって、捜すのも難しくなっている。

ちょうど閉めかけている八百屋さんがあった。晴子は、歩いて行った。

「すみません」

と、声をかけた。「この辺に〈Kコーポ〉っていうマンション、ありませんか」

でっぷり太った奥さんが振り向く。

「〈Kコーポ〉?」

と、訊き返し、「マンションね」

と、ちょっと笑った。

「え?」

「〈Kコーポ〉ってマンションが他にあるのかもしれないけどさ、もし、このすぐ近くの

〈Kコーポ〉なら、ほら——そこのアパートのことよ」

と、顎をしゃくった。

振り返ると、二階建の、古ぼけたモルタルのアパートが、夜の中でひっそりと浮んで見える。

「あれが……〈Kコーポ〉ですか？」

と、晴子は言っていた。

「そうよ。でも、近々とりこわすらしいから、もう半分も部屋入ってないんじゃないかな」

「どうも——ありがとう」

晴子は、胸がドキドキしていた。

このアパートに博子が？

信じられなかった。晴子たちの学校は、決して授業料も安くない。こんなアパート住いで、通わせることができるとは思えなかった。

——確かに、〈Kコーポ〉という看板が、暗い入口のわきに下っている。文字はかすれて、ほとんど読めないが。

晴子は、そっと中を覗《のぞ》き込んだ。裸電球が一つ、廊下に下っている。

物音らしいものが、ほとんど聞こえて来ない。誰か住んでいるんだろうか？

中へ入るのもためらわれて、立ちつくしていると、足音がして、二階から——。

「何か用？」

思いがけず若い女性。——化粧とか、けばけばしい服で、どうやら、これから出勤する女性らしい、と分る。

「あの……」

晴子は、思い切って言った。「ここに、石垣さんって方、住んでいますか」

「石垣さん？」

と、その女は肯いて、「二階の一番奥よ」

「そうですか」

やはり、ここにいたのだ。しかし、女は続けて、

「でも、今は誰もいないわ」

「え？」

「入院してるの」

「入院？」

「そう。——もう二か月くらいになるかしら。夜中に血を吐いてね。救急車で運ばれたのよ」

晴子は愕然《がくぜん》とした。

「じゃあ……悪いんですか」

「でしょうね。それきり、どうなったか……。こっちも忙しくて、見舞いに行ってる暇はないし」

と、肩をすくめる。

「あの……じゃ、今は娘さんが一人で住んでるんですか」

女は目をパチクリさせて、

「娘って？」

「石垣さんの娘さん。——博子さんです」

「あの人、娘なんかいないわよ」

「え？」

「女一人。ずっと一人住いよ。ま、どこかに娘がいたのかもしれないけど、私は聞いてないわね」

晴子は、思いもかけない言葉に、愕然とした。

「じゃ、その部屋は——」

「閉めたっきり。その内、ここは壊すことになってるから、それまで放っとくんでしょ、きっと」

女は、晴子のわきを抜けて、表に出て行った……。

しばらく呆然《ぼうぜん》と突っ立っていた晴子は、ふと我に返って、表の道へ出た。

帰ろう。――ともかく今日は、もう……。

しかし、何かが晴子を引き止めているようだった。

そうだ。――分った。

どうしたらいいのか、分った。

晴子は、アパートの中へと引き返した。どこか、他にも人のいる部屋があるはずだ……。


あのアパートのように、古びた、暗い病院だった。

建物に入ると、ひんやりと冷たい空気が身を包む。薬の匂《にお》いが、むかつくほどきつい。

面会時間は、あと三十分ほどあった。

「――すみません」

と、晴子は、窓口で声をかけた。

「はい？」

「石垣さんという患者さん……どこの病室でしょうか」

「石垣？」

「二か月くらい前に、救急車で運ばれて来たって。――血を吐いたとか」

「ああ、あの石垣さんね。――意識があったりなかったりよ。三階の六号室」

「三階の六号室ですね。どうも」

と、行きかけると、

「珍しいわね、今夜は二人もみえて」

と、その看護婦が言った。

晴子は足を止めて、振り返った。

「二人？」

「今、みえてるわ。男の人」

と、看護婦は言った。「ああ、エレベーターはもう止ってるから、そこの階段から上ってね」

――晴子は、ゆっくりと階段を上って行った。

どうにかして捜し当てたのだろう。もちろん晴子よりは、その手段を見付けるのも、父なら容易だろうから。

三階に上って、廊下を覗く。――冷たく床が光って、ドアが並んでいる。廊下の明りもほとんど消えて、ほの暗かった。

しかし、ドアの一つが開いて、廊下へ出て来たのが、父だということはすぐに分った。

通りかかった看護婦へ声をかけて、

「あの――申し訳ありませんが」

と、父が言っている。

小声ではあるが、静かなので、聞こえて来るのである。

「ここの、石垣さんですが、どんな容態なんでしょう？」

「さあ……。もうずいぶん長いですからね」

と、看護婦は、ややそっけなく言ったが、「ちょうど、今夜の当直の先生が担当医ですけど」

「それは――。少しお話をうかがえますかね？」

「じゃあ……この奥の椅子《いす》の所にいらして下さい。訊いて来ます」

「すみませんね、お手数をかけて」

と、父が頭を下げる。

「ご親戚《しんせき》の方ですか」

「いえ……。古い友人なんです」

と、父は言った。「誰か……そばについているんですか」

「いえ、お一人らしくて。本人にも訊いたんですけどね。身よりはいない、ということでした。――じゃ、お待ち下さい」

「どうも……」

父は、晴子の方に背中を向けて、歩いて行く。その足どりは、いつになく重く、疲れているように見える。

父の姿は、廊下の奥の方へ消えた。しばらくためらってから、晴子は思い切って歩き出す。

帰ろうか、と思った。怖かった。

何が怖いのか、自分でもよく分っていなかったが、ともかく怖かったのである。

しかし、ここまで来てやめることはできない……。

まだ、それほど遅い時間でもないのに、真夜中のように静かだ。六号室のドアのわきには、六枚の名札が入っている。

その中に、〈石垣〉という名を見付けた。――〈石垣邦子《くにこ》〉とある。

意識があったりなかったりだ、と看護婦さんは言ってたけど……。父は、この人と話をしたのだろうか？

ドアに手をかけようとして、ためらった。――手が、自分のものでないような気がする。

「晴子じゃないか」

父が、いつの間にか、そばに立っていた。

「――お父さん」

「どうしてお前……」

父は、言葉を切った。――そんなことを訊いても仕方ない、と思ったのだろう。

「おいで。あそこに座る所がある」

と、父は促した。

もう何十年使っているのか、布の裂け目から、中の詰めものがこぼれているソファに、二人は並んで腰をおろした。

どこかで咳《せき》こむ音がし、パタパタとスリッパの音が響いた。

「病院の音だな」

と、父は言った。「あの人に――まだ会ってないのか」

「うん」

と、晴子は言った。「具合、悪いの？」

「今は意識があるようだ。少し話もした」

「そう」

晴子は、肯いて、黙った。

「――あの人とは、昔……ずっと昔、恋人同士だったんだ」

と、父は言った。「大学生の時、一人暮しで寂しかった。行きつけの食堂でアルバイトしていたのが、高校三年生の、彼女だった」

「高校三年？」

と、晴子は訊き返した。

「お前が連れて来たあの子……。博子といったな。あんまり、あのころの彼女に生き写しで、息が止るかと思ったんだ」

父は、ゆっくりと首を振った。「妙なもんだ。もう二十五、六年も前のことで、彼女がどんな顔をしてたかも忘れていたのに……。あの子を見たとたん、思い出した」

「それで――」

「その時、彼女も一人暮しだった。地方から上京して、下宿していたんだ。お互い、若くて、寂しかった……」

父は、冷たい床に視線を落とした。「そういう仲になるのは簡単だった。そして、彼女は妊娠した」

晴子は、息をするのも怖いような思いで、父の話を聞いていた。

「もちろん、どっちも親にそんなことは言えない。何とか金を工面して、子供を堕《お》ろすことにした。ずいぶん泣いたが、彼女も承知した」

「――それで？」

「かかった医者が、悪かったんだ。帰ってからも出血が止らず、結局、入院するはめになった。彼女の両親が上京して、事情もばれてしまった。うちの親と、向うの親ののしり合いになる……。彼女とは、もうそれきりだった」

「じゃ――あの子は、お父さんの子じゃないのね」

「ああ。あの時の子なら、もう大人になっているよ」

「そうね」

「彼女に訊いたが、教えてはくれなかった。ただ、父親はいない、と言っただけで……。それと、〈博子〉という名は、もし、あの時に子供が産まれて、女の子だったら、つけようと思っていた名だと言っていた」

父の目が潤《うる》んでいる。――晴子は黙っていた。

石垣邦子の話は、たぶん本当じゃないだろう、と思った。しかし、それを父には言いたくない。

「それで――どうするの、お父さん」

と、晴子は言った。

「どれくらい悪いのか、医者に訊いてみようと思ってる。――もちろん、彼女が体を悪くしたのが、父さんのせいかどうか、はっきりは言えない。しかし、放っておく気になれないんだ。見捨ててはおけない」

「分るよ」

と、晴子は言った。

サンダルの音がした。白衣をだらしなく着た、初老の医師が、眠そうな顔でやって来る。

「ええと……石垣さんの……」

「知人です」

と、父が立ち上る。

晴子は、父と医師が話を始めると、それを聞こうとはせず、あの〈六号室〉へと歩いて行った。

たぶん……。きっとそうだ。

彼女はそこにいるだろう。

ドアを開けると、中はずいぶん暗かった。

両側に三つずつベッドが並んでいて、右側の一番奥のベッドのわきに、晴子と同じ制服の後ろ姿があった。

できるだけ足音をたてないように、近付いて行くと、小さな椅子にかけていた博子が振り返った。来るのを待っていたようだった。

「朝吹さん」

「晴子、でしょ」

「晴子。――捜して来てくれたのね」

「うん」

ベッドに横たわっている女性を、ほのかな明りの中で見つめる。青ざめて眠っているような、その顔は、老《ふ》け、疲れてはいたけれども、博子の顔、そのものだった。

「出ようか」

と、博子は立ち上った。

病院を出て、人気のない夜道を、二人はゆっくりと歩いて行った。

「あなたに、お礼を言わなきゃいけないのね、きっと」

と、晴子は言った。

「どうして？」

「私を助けてくれたから。私の代りに、けがをしてくれたから……」

博子は、少し当惑したように、晴子を見たが、何も言わなかった。

「あなたは、石垣邦子さんの娘じゃないわ。石垣邦子さん、その人よ。お父さんと会ったころのね」

と、晴子は言った。「あなたは、ずっとお父さんのことが忘れられなかった。それで、昔の通りの姿で、父の前に――」

「晴子。どうしたの？　何を言い出すの」

と、博子は言った。「確かに、私は母の若いころとそっくりだって言われるわ。でも、そんなこと、珍しいことじゃないでしょ」

「でもね、私の代りにボールに当ったりはしないわ」

と、晴子は言った。「あのボールは、私に当るはずだったのよ」

「気のせいよ、そんなの」

博子は微笑んだ。「母はたぶん、あなたと同じように私を育てたかったんだわ。だから同じ学校にも入れて。――ねえ、よく言うじゃないの、一卵性の双子って、一方がけがをすると、もう一人も痛みを感じるって。それと似たことかもしれないわ、私と晴子。いうなれば精神的な双子ね」

「精神的な？」

「うんと強く願っていれば、その人の考えと一つになれる。真剣な、全身全霊を傾けた恋のようにね。この人が傷つくくらいなら、私が傷つきたい、と思う……。そんなことだってあるのよ」

「博子……」

「確かに、あなたと私は見たところも、環境も違うけど、それはたとえば――そう、幾何《きか》でやる相似形が、大きさは違ってても、同じ形っていうようなものじゃない？　大きさが違えば、一辺の長さも面積も、みんな違う。でも、形は同じ。私と晴子は、二人とも同じお父さんから、産まれたんだわ」

晴子は、博子を見つめた。博子は、ちょっと笑って、

「心配しないで。そんな意味じゃないの。あなたは本当にお父さんの子。私は、母の、あ

なたのお父さんへの想《おも》いから産まれた子……」

晴子は、足を止めた。博子が振り返って、

「どうしたの？」

と、訊く。

道はそのまま陸橋になって、その下の広い道路を、トラックが足下を揺がすような響きと共に、駆け抜けて行く。

「じゃあ、博子、もし私がここから飛び下りたら？」

と、手すりに晴子は腰をかけた。

「晴子。危いわ」

「私、ちゃんと感じたのよ。車に引っかけられた時。頬を切る痛み、肩を打ちつけた時の、焼けるような痛さを。――本当のことを言って」

「晴子、そこから下りて。危いわ」

と、博子が声を高くした。

「構やしないわ。落ちても、けがするのはあなただもの」

「晴子……」

晴子は、何が自分をかり立てているのか、自分でも分らなかった。

博子は――いや、母親の邦子は、何の下心もあるわけではない。父が捜し当てなかったら、入院していることすら、知られずに終ったろう。

晴子には、博子に対して腹を立てる理由はなかった。それでいて、晴子は博子に真実をしゃべらせたかったのだ。

「晴子、お願い、そこから——」

「もし私が落ちて死んだら、あなたがうちの子になればいいんだわ」

「そんなこと……。そんなこと、できっこないわ！　分ってるでしょう」

不意に、博子の顔が歪《ゆが》んだ。涙が頰を伝う。

「ごめん。——博子、ごめん」

車が——陸橋の上の道を、スピードを上げて走って来ていた。

博子が、涙を見せまいとするかのように、駆け出した。手すりから下りた晴子の目に、車のライトが飛び込んで来る。

「危いよ、博子！」

博子が立ちすくむ。急ブレーキの音が夜を引き裂くように鳴った。

「博子！」

晴子は、倒れた博子へと駆け寄った。車は、一瞬ためらいを見せたが、そのまま陸橋の手すりにぶつかったりしながら、走り去ってしまった。

「博子！——博子！」

晴子は、ぐったりとした博子の体を抱き起こした。

「博子……」

晴子は、そっと博子の頭を路面に下ろすと、立ち上った。そして、駆け出した。病院に向って。

必死で、駆けた。――博子！　私は――私は、あなたの代りにはなれなかった。

三階へ駆け上ると、異変はすぐに分った。

六号室のドアが開いていて、看護婦が急いで酸素のボンベを押して入って行く。

「――お父さん」

と、晴子は、近寄って声をかけた。

ドアの前に立っていた父は、少し間を置いてから、振り向いた。その拍子に涙が頬を伝い落ちたのにも、気付かない様子だ。

「晴子……。今、急に容態が……」

「お父さん――」

「もう、だめらしい。――何てことだ」

父がよろけて、壁にもたれかかった。声を上げずに、こみ上げるものを、必死でこらえている。

私のせいだ。私が、この人を殺したんだ。

晴子は、あの医師が、無関心な様子で、出て来るのを見た。

「ご臨終ですな。――入って下さい」

父が病室へ消える。

晴子は、あのソファへと歩いて行くと、力なく腰をおろした。――そして、初めて、石垣邦子の――あるいは博子の死に、胸の痛みを覚えた。

「博子……」

呟くように、「あなたは、私の姉妹だったのよ」

と、晴子は言った。

「――不思議なことって、あるんだね」

明日香が言った。

「うん」

晴子は、カッターナイフで、新聞を切り抜いていた。「――これ、そこに貼《は》ったら？」

「そうね。上の方がいいかな」

「テーマからいくと下ね。でも見た目が悪いね」

「うん、やっぱり上だ」

――二人で、教室に残って、明日の現代社会での発表の準備をしているところだ。

「あの子、一体何だったんだろ？」

と、明日香は言った。

石垣博子が姿を消して、担任の馬淵先生が調べてみると、博子を転校させることになった、他校からの紹介状そのものが、どこにもないことが分ったのだ。

そして、住民票とか、戸籍抄本とか、入学の際に提出されたはずの書類も、一切、なくなってしまった。

「石垣博子」という子の存在そのものが、消えてしまったのである。

晴子も、先生から、色々訊かれた。しかし晴子は、何も知らない、と肩をすくめるだけだった……。

——もちろん、他の考え方だって、ないわけではない。

書類は先生が失《な》くしたのかもしれないし、車にはねられた博子が、どこにも見当らなかったのは、誰かが見付けて、他の病院へ運んだのかもしれない。あのアパートで、博子はひっそりと暮していて、他の部屋の人たちは、誰も気付かなかったのかも……。

でも、晴子だけは、知っている。車に引っかけられた時の、あの痛みを。

——父は、石垣邦子の葬式を出した。千春にも、事情を打ち明けたのだ。

昔のことだし、千春も涙もろい。父が葬式を出してやることに賛成したのだった。

父は、それで大分スッキリしたらしい。たぶん、青春時代から長いこと、彼女のことがずっと引っかかっていたのだろう。

「あと少しだ」

と、明日香が息をつく。「一息入れる？」

「もうちょっとよ。やっちゃおうよ」

「やるか」

明日香が頭を強く振った。

——もし父が知ったら、と晴子は思う。

死が近いと悟った石垣邦子が、父のために何かをしておきたい、と思ったのだ、ということ。父に直接係《かか》わり合って、この家の平和を壊すことを心配して、父の娘を守ってやりたい、と考えたのだということ……。

馬鹿げた考えだろうか？

しかし、晴子はそう信じていた。信じているってことが大切なのだ。

「——ここ、切っとこうか」

と、晴子はカッターナイフを使って、「——痛っ！」

と、声を上げた。

「どうしたの、晴子？」

「ちょっと……切っちゃった」

「血が出てる！」

明日香が飛び上りそうになった。「ね、先生、呼んで来るから！」

「待って！——明日香！」

自分で保健室へ行くわよ、と言おうとしたのに、その間もなく、明日香は飛び出して行ってしまった。

「本当に、もう……」

と、晴子は苦笑して、ハンカチを出すと、傷つけた指の根本に巻きつけた。

思いの外、深く切ったのか、ズキズキと痛みがやって来る。

「——博子」

空っぽの教室で、晴子は言った。「もう私、自分の痛みは自分で引き受けるからね」

——どこかで、誰かがクスクスと笑う声が聞こえたようで、晴子は教室の中を見回した。

でも、誰もいない。晴子一人だった。

「大事にするわよ。あなたが守ってくれた、私の体を」

と、晴子は言った……。

「先生、早く！」

ドタバタという足音と共に、明日香の声が響き渡った。「凄く出血してるんです、晴子！急いで！」

晴子は、赤面した。

幕《まく》間《あい》に死す

1

タクシーを降りると、倉科《くらしな》隆一《りゅういち》は腕時計を見た。

もう午後の四時になっている。――とんでもない「披露宴《ひろうえん》」になっちまったもんだ。

倉科は開け放した門を入ると、この何年か手入れが行き届かずに、雑木林のようになっている木立ちの間を歩いて行った。風が渡って、少し涼しい。秋らしい日で、たぶん日が落ちると冷え込むだろう。

倉科邸は古い洋館である。倉科隆一が、すでに亡《な》くなった父からここを受け継いだ時には、すでに充分「古い」印象を与えていた。

このところ、人手を雇って外観の汚れを落としたり、つたを取り払ったりして、「お化け屋敷」かと思うような陰気くささは何とか消すことができた。

明子《あきこ》はその古くささも、「重みがあって」悪くない、と言ってくれている。しかし、もとから住んでいる倉科にしてからが、時には逃げ出したくなるのだ。今の内から、明るいイメージの家に変えなくてはならない。

明子に逃げられないためには。

倉科は玄関のドアを開けて、

「ただいま」

と、声をかけた。「――帰ったよ」

玄関には来客たちの靴《くつ》が何列にも並んでいる。きちんと揃《そろ》えてあるのだが……。玄関のドアに近い辺りの靴が少し曲っている。

珍しいな。――邦代《くによ》の奴《やつ》、きちっと靴が揃っていないと気がすまないたちなのに。それとも誰かがけとばしでもしたのかな。

倉科が上ると、居間の方から、

「お帰りですか」

と、当の畑《はた》邦代がやって来た。

「すっかり遅くなっちまったよ」

と、倉科は苦笑して、「お客は？」

「今、お庭へ出てらっしゃいます。ゴルフの練習をなさっているようで、みなさん」

畑邦代は、二十七歳だが、倉科は、時折三十四歳の自分よりも邦代の方が年上じゃないかと思うことがある。ここで家事の一切を受け持って働くようになってから、三年たつが、いつも仕事は完璧《かんぺき》だった。

額の広い、きりっと鋭いほどに引き締った顔立ちをしている。といって、決して面白味がない、というわけではなく、思い切り笑うとびっくりするくらい大声を出すことがある。

「靴が乱れてるぜ」

と、わざと言ってやると、

「いやだ！　さっきの荷物を持って来た子だわ、きっと」

と、本気になって怒っている。

玄関に下りて、曲った靴を、定規でも当てたように真直《まっす》ぐに直して、満足げに肯《うなず》く。見ていると、倉科もつい笑ってしまうのだった。

「明子は？」

と、倉科が訊《き》くと、

「お二階だと思いますが。ずっと私、台所におりましたから……」

「ああ、いいんだ。いる場所がなくて困っただろう。――まだ客には会ってない？」

「はあ、たぶん……。もしかすると片桐《かたぎり》様がご挨拶《あいさつ》なさっていたかもしれません。お声がちょっと聞こえただけで、よく分りませんけど」

「分った。君は台所の方を頼むよ。僕も着替えなくちゃ。とても花婿に見えないだろ」

倉科はニヤッと笑うと、階段を上り出した。

「――おっと」

下りて来たのは、今、邦代の言っていた片桐だった。倉科の大学時代からの友だちだ。

「帰ったのか」

「今な。突然呼び出されて、かなわないよ」

と、倉科は言った。

「しょうがないさ、弁護士先生の義務だろ」

「そちらは？」

倉科は、片桐の背後に隠れるように立っている女性へ目をやった。

「ああ。――俺《おれ》の……まあ婚約者みたいなもんだ。早川恵というんだ」

「初めまして」

と、頰《ほお》を赤らめて頭を下げる。

「彼女にちょっとこの屋敷の中を見せてたんだ。勝手に上って、すまん」

と、片桐は急いで言った。

「構わんさ。――じゃ、後でまた。家内を連れて下りて行くよ」

「待ってるぞ」

と、片桐は言って、早川恵の肩に手をかけ、階段を下りて行った。

倉科は、やっと片桐も結婚する気になったのか、と思いつつ、足取りも軽く二階へ上った。――後で冷やかしてやらなきゃな。

いや、それを言えば、倉科の方こそ、「冷やかされる」役回りなのである。今日は。旅行先で知り合い、恋に落ちて、ここへ帰った時、倉科はすでに明子と結婚する決心を固めていた。――三十四歳でもあり、両親もすでに亡い。改まった式は必要なかった。

ただ、親しい友人知人に、明子を紹介しておく必要はあったので、この屋敷で内輪の「披露宴」を開くことになったのである。

ところが、依頼人の一人が急に入院という事態が起って、弁護士としては駆けつけないわけにいかなくなった。友人たちに明子を紹介するにも、倉科不在では話にならない。

「できるだけ早く帰って来るからね」

と、明子に約束して出かけ――昼食抜きで戻って来たのが、この時間、というわけである。

友人たちは二時ごろここへ到着しているはずなので、明子は二時間近くも、じっと二階の部屋にこもって、倉科の帰りを待っていたはずである。

寝室のドアが閉っている。

「――明子。帰って来たよ」

倉科はドアを開けようとして、戸惑った。ロックしてある。中からだ。

どうしたんだ？　着替えでもしてるのかな？　今日、自分の荷物が届くと言っていたから、その整理でも……。しかし、返事がないというのは妙だ。

ドアを叩《たた》いた。

「——明子。——明子」

眠っていたとしても、これだけ叩けば起きるだろう。

倉科隆一はドアを叩き続けた。

——返事はなかった。

2

「それで……」

と、恵は言った。「もう、見込みはないの?」

片桐はじっと前方を見つめてハンドルを操りながら、黙って首を振った。

「そんな……」

恵が、吐き出す息と共に言った。「だって、倉科さん——いくつ?」

「俺と同じだ」

と、片桐が言う。

「五十……三? 四?」

「四だろうな。俺より誕生日は早かったと思う」

雲はあったが、時々太陽が顔を出すと、まだ緑の残っているこの辺りは、目にやさしい風景だった。

「この辺はあんまり変らないな。もともと古い屋敷が多かった」

「もうすぐ？」

「そのはずだ」

片桐は、片手をちょっと頭へやって、髪をなでつけた。少しでも緊張すると、無意識にそのくせが出る。大して多い髪でもないのに、といつも恵が冷やかすが、今はとてもそういう気分ではなかった。

「――二十年たつのね」

と、恵は言った。「あの日から」

「ああ……。いつごろだったかな？　ちょうどこんな季節だったか」

「そう……。そうよ」

恵がびっくりしたように夫を見て、「今日だわ。二十年前の今日」

「本当か？」

「憶《おぼ》えてるわよ。あと一月で私、誕生日だったの」

「すると……倉科も分ってて今日、呼んだのかな、俺たちを」

「どうかしら。――偶然とも思えないわ」

「そうだな」

恵が腕時計を見て、

「二時に、ってことだったわね。ちょうどいい時間に着くわ。着いたら、里枝《りえ》に電話しなきゃ。憶えといてね」

「あいつももう十七だぞ。一人だって大丈夫さ」

と、言いながら、片桐の方が娘には気をつかう。「そこだ。――やあ、懐《なつか》しい」

車を門の中へと乗り入れて行く。

「よく手入れしてあるじゃない。立派な屋敷だわ、今でも」

と、恵が感心した様子で言った。

車を玄関前につけて、

「おい、分ってるな」

と、片桐が言った。「やつれてると思うけど、顔に出すなよ」

「お父さんの時で、慣れてるわよ。――他にも誰かみえてるみたい」

玄関のドアは、二人が前に立っただけで開いた。

「いらっしゃいませ」

黒いスーツの女性が立っていた。髪は大分白くなっているが、顔立ちは印象ほど老《ふ》けていない。

「邦代さんか！——久しぶりだね」

「ごぶさたいたしまして」

畑邦代はもう一度頭を下げ、恵の方へも、「奥様もお変りなく」

「変らないこともないわ。もう娘は高校生。この前こちらへ伺ったのは……」

「七年前になります」

「そう。——七年ね。里枝も小学生だった」

「お上り下さい。皆様、おいでていらっしゃいます」

片桐が不思議そうに、

「みんな？」

と訊き返して、邦代の後をついて行く。

両開きの居間のドアを開けて、邦代は二人を中へ入れた。

四人——二組の男女が立ち上った。

「——驚いたな」

片桐は目を丸くして、「みんな揃ってるのか？」

「そうらしい」

と、苦笑したのは、少し派手めのスーツに、黒々とした髪の男だった。「ビデオテープでもう一度、ってわけだ」

「佐々木、お前……」

と、片桐はその男の髪へ目をやって、「その頭」

「これはアデランスさ」

と、佐々木が言った。「何しろ若々しく見せてないとだめなんだ、ＴＶ局ってとこは。——佳《けい》子《こ》だよ」

「どうも、久しぶり」

髪を茶色に染めた女性が笑顔を作る。「妙な顔しないで。別れたわよ、佐々木とは」

「今は彼女、山口佳子だよ。しかし、倉科がぜひこの二人で来てくれ、ってことでね」

「亭主が気にしてるわ。浮気の口実じゃないかって」

と、山口佳子が笑った。

「佳子の彼は、何と四十だ。十歳も若いんだぜ、佳子より」

「あら、羨《うらやま》しい」

と、恵が微笑《ほほえ》んだ。「安西《あんざい》さん。——お変りないわね」

「こっちはまだ夫婦だよ」

安西夫妻は、この三組の取り合せの中では、一番「似ていた」。どちらもよく太り、亭主は禿《は》げ、妻の方はヘアピースをつけている。格好は、佐々木たちに比べると地味だった。

「――どうぞ」

いつの間にか、邦代が盆を手に入って来ていた。「旦那《だんな》様も、もうじきおみえになります」

「懐しい味だわ。アップルティーね。たぶん――」

と、片桐恵が言いかけて、やめた。

その後を続けたのは、安西みずえだったが、邦代が静かに出て行った後だった。

「あの時も、アップルティーを飲んでたわ、憶えてる」

「何を考えてるのかな、倉科の奴」

と、片桐は少し重苦しい口調になって、「二十年も昔のことを……」

「しかし、何か考えがあるのさ」

と、安西が言った。「聞いてやろうじゃないか。もう……長くないんだろ」

声が低くなる。

「結局ずっと独りで……？」

と、山口佳子が言った。

「ああ。我々の知ってる限りじゃね」

佐々木が肯いて、「ここ二、三年は連絡もなかったしな」

「お互い、忙しい年齢さ」

片桐が、ソファに寛《くつろ》いだ。「しかし――時間が止ってるみたいだな、この屋敷の中だけは」

「ちゃんと年齢《とし》はとってるわ、みんな」

と、佳子がタバコに火を点《つ》けながら、言った。

「あの人……倉科さんの奥さん、何て名前だった？」

と、安西みずえが夫に言った。

「確かね……ええと……」

と、安西が答えかけると、

「明子だよ」

と、居間のドアの所で声がした。

「――倉科」

片桐が立ち上った。

「忙しいのに、すまんね」

倉科隆一は、ゆっくりと居間の中へ入って来た。

誰もが、どう口を開いたものか、戸惑っている。――倉科が何か言い出すのを待っている、という様子だ。

「久しぶりだ」

倉科は、一人がけのソファに身を委《ゆだ》ねると、「みんな変らない——と言いたいところだけど、年相応に変ってはいるな。もちろん、僕が一番変っただろうが」

「そう変ってないぞ」

と、片桐が言った。「もっと、その——やつれてるかと思った」

確かに、倉科は頰がこけて、はっきりと病人の顔をしていた。しかし、言葉にも力があり、目には光があった。

「あと三か月と言われてる」

と、倉科は言った。「別に思い残すこともないよ。どうせ——二十年前で、僕の人生は終ったようなもんだ」

「倉科——」

「聞いてくれ」

と、手を上げて佐々木を制し、「忙しい中、ここに来てもらったのは……。気付いた人もいたかもしれないが、今日はあの出来事があってからちょうど二十年目だ。君らにここへ来てもらったのも、この時間だった」

「——憶えてるわ」

と、片桐恵が言った。

「僕は仕事で出かけ、戻ったのが四時ごろだった。明子を、君らに紹介しなきゃいけない、と二階へ上ってみると……」

倉科の眉間《みけん》に、辛《つら》そうなしわが刻まれた。

「とんでもないことだったね」

と、安西が肯く。「今でも信じられないようだよ」

「僕もだ」

と、倉科が力をこめて言った。「信じられない。一体明子に何があったのか。どうして、あの日、明子は二階で首を吊って死ななきゃならなかったのか」

誰もが沈黙していた。倉科は一人一人を見ながら、

「——僕は自問し続けた。何か悩んでいることがあったのか。それとも僕との結婚に失望したのか。しかし、どう考えてもおかしい。僕が言うのも妙だが、僕らは充分にうまくいっていた。それに、愛想をつかすには、時間が短かすぎる」

倉科の言葉は、歯切れが良かった。「それに、いやになったのなら、出て行けばすむことだ。何も自殺する必要はない」

「自殺に間違いはなかったんだろ？」

と、佐々木が言った。

「うん、その点は確かだ」

と、倉科は肯いた。「内側からドアはロックしてあったし。推理小説みたいに、ややこ

しいトリックを工夫したとは考えられない」

倉科の話し方は、テンポが早く、むしろユーモアすら混っているように感じられた。――もちろん二十年という時間が、それだけの距離をとらせたのだろう。

「前日まで――いや、あの日、僕が出かけるまで、明子には少しも妙なところはなかったんだ。僕が急に出かけなきゃいけなくなったので、ちょっと情けなさそうだったが、まさかそんなことで自殺はしないだろう。――すると、こういうことになる。明子の自殺の原因は、僕が仕事で家を出てからの何時間かの間に起った何かのせいだ」

六人の男女の間に、それまでになかった緊張のようなものが広がった。

「待ってくれ」

と、佐々木がやや大げさな身ぶりをして、「すると、明子さんが自殺した原因は俺たちにある、と言うのか？」

「おそらくね」

と、倉科はあっさりと言って、付け加えた。「誤解しないでほしいんだ。僕は君らの誰かに、明子の自殺の責任がある、と言ってるんじゃない。原因があると言ってるだけだ」

「よく分らないがね……」

と、安西が不安げに口を開いた。「僕も女房も、ここへ来て初めて明子さんに会った。お互い初対面で、挨拶を交わしただけだ。それが自殺の原因になったと言うのか？」

「どうか気を悪くしないでくれ」

倉科は立ち上ると、ゆっくり居間の中を歩きながら、続けた。その様子は、謎《なぞ》ときをしている名探偵《めいたんてい》に似ていた。

「人はある程度の年齢になれば、何かしら秘密を持っているものだ。誰にも言いたくない過去もあるだろう。——明子にもおそらく何かあったはずだ。その何かを、君らの誰かが知っていたとしたら……。それは他人から見ればとるに足りない、秘密とも言えないものだったかもしれない。しかし、明子にとっては、命を捨てても隠し通したいことだったのかもしれない」

「——分るわ」

と、恵が言って、あわてて、「そういうこともあり得るってことが分る、って意味よ。何だったのか、見当もつかないけど」

と付け加えた。

「だが、現実にそんなことがあったと思うかい？」

と、片桐が眉《まゆ》を寄せて、「確かに、この家にいたのは僕らだけだとしても、他に誰か客が来たかもしれないし、電話がかかったかもしれない。そっちが明子さんの死の引き金になったとも考えられるだろう」

「もちろんだ」

倉科は肯いた。「邦代君は、電話もなく、来客もなかった、と言っているが、玄関のチャイムや電話のベルを聞き落としたことも、ないことはないだろう。だから、原因がいわば『外から』やって来た可能性ももちろんある」

倉科は、元のソファに戻ると、少し疲れを見せた様子で、

「——僕は犯人捜しをしたいわけじゃない。それは分ってほしいんだが」

「分ってるわ、もちろん」

と、佳子が言った。「私たちに何をしてほしいの？」

倉科はちょっと微笑んだ。

「ありがとう。——正直なところね、わらをもつかみたい、という心境なんだよ。明子の自殺が、一体何のせいだったのか、それが分らずに死ぬのは心残りでね。だから、君らから、何か小さくてもいい、手がかりになるものが得られないかと思ったんだ」

「しかし……」

と、片桐が難しい顔で、「我々の誰も明子さんのことを前もって知らなかったんだし、手がかりといっても……」

「これを見たことは？」

倉科が、一枚の写真をツイードの上衣《うわぎ》のポケットから取り出した。片桐が見て、次々に手渡されて行く。

「――男の子と女の子ね」

と、佳子が言った。「古い写真。男の子は五、六歳くらい？　女の子は三歳ぐらいかしらね」

「昔風のオーバーを着てるな」

と、佐々木が肯いて、「誰なんだ、これは？」

「女の子は明子だよ」

と、倉科が言った。「男の子の方は、明子の兄だ」

「お兄さんがいらしたの？」

と、安西みずえが言った。「お葬式にみえたかしら？」

「いや、行方が分らないんだ」

「まあ」

「明子はね、孤児なんだ」

と、倉科が言った。「両親が亡くなって、施設に引き取られた。そして、兄と妹、それぞれ別々の家の養子になったんだよ」

「じゃ、行方が分らないっていうのは……」

と、写真を見ながら、みずえが言った。

「兄が養子になった家がね、会社が倒産して、一家散り散りになってしまったのさ。そして、それきりぷっつりと連絡も途絶えた」

「気の毒ね。いつごろのことなの？」

みずえは写真を返しながら、訊いた。

「明子が五、六歳ころのことらしい。僕もね、大体のことしか聞いていなかったんだ。――もちろん、そんなことが結婚の障害になるわけもないしね」

片桐が腕組みをして、

「しかし、何かあったかもしれないぜ。その兄ってのが、ヤクザになってて、突然ここへやって来たとか」

「あなた」

と、恵が夫をにらんだ。「真面目《まじめ》に考えなさいよ」

「真面目に言ってるんだ」

「確かにね」

と、倉科は言った。「しかし、明子にとって自殺するほどのことだったかどうか。――ともかく、明子はこの写真をずっと持っていた」

「それが明子さんの秘密だってわけかい？」

「分らないよ、それは」

倉科は、ちょっと息をついて、「時間がたってしまう。――君たちにやってほしいことがあるんだ」

　六人が互いに顔を見合せる。

「君たちに、二十年前の通りに行動してみてほしい」

と、倉科は言った。「僕は出かけていて留守だった。君らが何時ごろ、どういう順序で来て、そして四時ごろまでどこで何をしていたか、思い出して再現してくれないか」

　誰もが面食らっている。――倉科は続けて、

「古い戯曲の再演ってとこかな。細かい部分は違ってもいい。ともかく、僕がいない間に何かがあった。そして明子は自殺した。僕はその理由を知りたいんだ」

　倉科の声は、逆らいがたい力で六人を縛っていくようだった。「君らの何げない行動の何かが、明子にとって、大きな意味を持っていたかもしれないんだ。だから、同じように行動してもらうことで、君らも何か思い当ること、考え付くことがあるかもしれない。――面倒だろうが、頼む。僕の最後の気まぐれだと思ってね」

　しばらく、誰も口をきかなかった。

　初めに立ち上ったのは片桐恵だった。

「じゃ、あなた、一旦《いったん》外へ出ましょうよ」

「何だ？」

「この中じゃ、私たち、最後にここへ来たのよ」

「そうだったかな」

「そうよ！　さあ、始めましょ」

先に女性たちが立ち上り、男たちは渋々腰を上げる、という感じだった。

ともかく——幕は上ったのだ。

3

初めに倉科家の玄関前に立ったのは、安西夫婦だった。

チャイムが鳴って、十秒ほどの間を置いて、ドアが開いた。

「いらっしゃいませ」

と、畑邦代が頭を下げる。

「今日は」

と、みずえが言った。「どなたかみえてるかしら、もう？」

「いいえ、一番乗りですわ」

と、邦代が答える。

「そう！　そうだわ」

と、みずえは声を上げた。「邦代さん、確かにそう言ったわ、あの日も」

「憶えております」

と、邦代が微笑む。「どうぞお上り下さい」

「それじゃ……。あなた」

「うん」

安西は、何だか少し馬鹿《ばか》らしいという顔で上り込むと、「――明子さんに会ったのは？」

「それは居間へ入ってから」

「そうだったか？」

安西とみずえは、邦代について居間へ入って行った。

「紅茶をおいれしてよろしいですか？」

と、邦代が言った。

「いただくわ」

「旦那様は急な仕事で出かけられました。できるだけ早く戻るから、とお伝えするようにとのことでした」

邦代が居間を出て行く。

「――本当にああ言ったわ、あの人」

と、みずえが言った。

安西は、少しぼんやりしていたが、ふっと我に返って、

「ああ……。そうだった」

と、言った。「そうだったな」

——安西は、ふと体が冷えて行くような、奇妙な感覚に捉《とら》えられた。

まるで本当に時間が二十年前に一瞬の内に戻ったかのような気がしたのである。

それはたぶん……今の邦代の言葉のせいだろう。

「旦那様は急な仕事で出かけられました……」

二十年前のこの日、それを聞いた瞬間に自分を捉えた失望感が、恐ろしいくらいに生々しく、よみがえって来たのだ。

いないのか、倉科の奴……。せっかく、こうして早く着くようにやって来たっていうのに——。

畜生！　俺はどうしてついてないんだ？　心を決めて、さて立ち向おうとすると、相手がいない。——そうなのだ。そんなものなんだ。

俺は……。俺は、何も悪いわけじゃない。ただ、運が悪かったんだ。そうだとも。

「何を話してたかしらね、私たち」

みずえの話に、ふと安西は我に返った。

そうか。もう二十年も前の話なのだ。今の俺は、五十代も半ばで、人生の盛りはもう過

ぎた。後は……ただ、静かに年齢《とし》をとっていくだけだ。

「何の話をしてたかな」

　と、安西は微笑んだ。

「こうやって……。そうだわ」

　と、みずえは肯いて、「どうして私たちが一番最初に着いたのかしら、って話してたのよ」

「ああ、そうか」

「そうよ。だって、いつもあなたは仕度が遅くて。待ち合せに必ず遅れる人だったじゃないの。それが、あの日に限って、私より先に玄関で待ってて。『何してたんだ』って、ふくれっつらして」

「ふくれっつらなんか――」

「してたのよ」

　と、みずえは決めつけた。「私、ムッとしたわ。よっぽど言ってやりたかったわ。たまに早く仕度したからって、何よ、って。でも我慢したの。夫婦喧嘩《げんか》して、ここへ来たくなかったから。だって、こちらはおめでたい席じゃないの。だから私……」

　みずえは、ふと夫を見て、

「でも、あれからも、あなた、いつも遅れてたわ。どうして、あの日だけ早く来たがったの？」

安西がちょっと詰った。今になって——二十年もたって、そんなことを訊かれるとは思わなかったのだ。

邦代が紅茶を運んで来たので、安西は助かった。

「ありがとう。いい匂《にお》いね」

アップルティーが、この家の「シンボル」みたいなものだった。

「安西さん、明子さんにお会いになったんですね」

と、邦代が言った。「先ほどのお話で、初めて知りました」

「私が庭へ出てる間に、こちらへ明子さんがみえたの」

と、みずえが言った。「主人が一人で会って、話をしているところへ——私が庭から、そして、佐々木さんが、奥さんと一緒に玄関から入って来たの」

「私は佐々木さんがおみえになった時、ちょうど台所が大変で、とりあえず居間へお通しして、急いで戻ったんです」

邦代は、そう言って、「では、一旦退《さ》がらせていただきます」

「私はこれを飲んだら、お庭へ出るわ。今日もお天気は良いし」

と、みずえはアップルティーを飲んだ。

「じゃ、僕はどうすりゃいいんだ？」

と、安西が苦笑した。「ここで、一人でしゃべってるのかい？」

「何を話したか、思い出したら？　憶えてる？」

「どうかな。――当りさわりのないことだったと思うよ」

安西は自分のカップを取り上げて、言った。

「それを思い出すのが大切なんでしょ」

みずえの言葉に、安西は何とも言えなくなってしまった……。


何を話したか、って？

憶えているわけがないじゃないか。二十年も前のことだぜ。

安西は、笑ってそう言ってやれば良かったのだ。誰も、それを疑う人間はいないだろうし、疑う理由もない。

しかし、それが嘘《うそ》だということを、一人だけは知っている。――自分自身だ。

居間から、庭が見える。みずえが庭を歩いていた。

あの時のまま……。そう。あの時の通りだ。ただ、俺はまだ三十四で、みずえは三十だった。そしてあの時、俺は追い詰められていた。

どうしたものか。早く来て、倉科と二人きりで話をしようと思っていたのに、あいつはいない。どうしたらいいだろう？

途方に暮れているところへ、ドアが開いた。そして……。

「あの……。いらっしゃいませ」

おずおずと、その女《ひと》は言ったのだった。「明子です。あの――」

「どうも」

パッと立ち上って、「安西です」

「安西さん。奥様は……みずえさん、でしたね」

記憶違いではないかと心配している口調だった。

「ええ。今、ちょっと庭へ出るといって。――初めまして」

「こちらこそ。よろしくお願いします。あの――隆一さんが出かけてしまって、申し訳ありません」

夫、とか主人と言わず、「隆一さん」と呼んでいるのが、いかにも新婚らしかった。

「いや、気をつかわないで下さい」

「おかけになって……。確か、お父様の会社を継いでおられるんでしたね」

「ええ、まあ……」

安西は腰をおろして、アップルティーのカップを取り上げた。

確か二十八とか二十九とかいっていたが……。爽《さわ》やかな素顔の、その女性は、見たところ二十四、五というところだった。服装も地味で、老けて見えてもおかしくないのだが。

「いや……本当に良かった」

と、安西は言った。「みんな気にしてたんですよ、倉科のことは。一向に結婚する気配もないし、と……。しかし、こんなに素早いとはね」

「安西さんはもう――」

「ええ。うちはもう五年目。お互い見飽きてます」

「まあ」

と、明子は笑った。「隆一さんが言っていました。安西さんは呑気《のんき》な方だって」

「呑気か。――きっと一番最後に来る、とか言ってませんでしたか」

明子はクスクス笑って、

「そう言ってました」

「そうでしょうね。まあそう言われても仕方ない。昔から、友だち同士で待ち合せると、必ず遅れるのが僕でしてね」

と、安西は言った。「奥さんはどうです？」

「私は――時間には遅れません。でも、自慢できた話じゃないんです」

と、急いで付け加えた。「両親を早く亡くして、共同生活をしていたので、何でも早めにする習慣が身についてしまっているんです」

「それは結構なことじゃないですか」

「でも、今日は安西さんが一番早かったと後で隆一さんに話しておきますわ」

と、明子は言った。

話しておく、か……。安西は、チラッと庭へ目をやった。みずえがのんびりと日射《ひざ》しを仰ぎながら散歩している。何も知らずに。

——呑気といえば、みずえは俺よりずっと呑気だ。

いや、何も知らない幸せというものだろうか……。

「——どうかなさいまして？」

と、明子に訊かれて、安西は我に返った。

「いや、別に」

すぐに続けて、「本当は、他の連中が来る前に、倉科君に会いたかったんです」

何を言ってるんだ？　この女《ひと》にそんな話をして、どうするんだ？

「何か特別のご用が——」

と、明子は戸惑ったように言った。

「二人で話さなきゃいけないことがあったんです」

安西は庭へと目を向けたまま、言った。「どうしても——倉科君に都合してほしいんです」

「都合……というと……お金のことですか？」

　明子が低い声で訊いた。

「父から継いだ会社は、赤字をかかえて虫の息だったんですよ。何とかこの三年、頑張《がんば》って来た。しかし、もう限界なんです。今すぐにも何とかしないと、不渡りを出して倒産する」

「大変ですね……」

　明子は何と言っていいのか、分らない様子だった。それが当然だろう。

「世間じゃ、僕が潰《つぶ》した、と思うでしょう」

と、苦々しく笑う。「二代目が遊んで暮して、潰しちまったんだ、とね。——全く！」

　明子は、居心地悪そうにして、

「あの——主人が戻りましたら、たぶんお話を……」

　主人、と呼んだのは、たぶん自分ではどうにもできないと言いたい気持もあったからだろう。

　安西は、庭からみずえが戻りかけるのを見た。向うは明るい。居間の中は見えていないだろう。

　みずえが戻れば、もうこんな話はできない。

「奥さん」

　安西は、ほとんど走るように、明子の隣へと身を置いた。明子が、反射的に少し身をひいた。

「どうしても、倉科君の助けがいるんです。奥さんからも言って下さい。僕を助けるように。あなたの言うことなら――今なら、倉科君も――」

「安西さん……。私は――まだ何も知りません。この家にどれくらいのお金があるのか。主人があなたをいいお友だちと思っていることはもちろん……よく分っていますけど」

「何とかしてもらわなきゃならないんです」

と、安西は必死の思いで言っていた。「倉科家は財産家だ。うちとは違います。少々のお金でびくともするものじゃ――」

「安西さん――」

明子は立ち上った。玄関のチャイムが鳴っていた。明子はホッとしたように、

「お客様のようですから……。あの、今のことは主人と――」

「借りがあるんですよ、倉科君は」

安西は早口でまくし立てるように言った。「僕に借りがあるんです」

玄関の方で人の声がした。

明子は居間を出ようとして、足を止めていた。

「借りが……？」

と、明子は、安西の目をじっと見て、言った。

明子の表情は、客を前にした「よそ行き」のものから、「女」のものに変っていた。

「——女の人のことで、ですか」

と、明子は言った。

玄関で、邦代が、「どうぞお上り下さい」と言うのが聞こえた。

「そうですよ」

安西は肯いた。「女がね、死んだんです。手首を切って。倉科と一緒にホテルにいる時。あいつはどうしていいか分らなくなって僕を呼んだ。でも、もしその時、すぐに警察へ知らせていれば、その女は助かったかもしれないんです。——僕はあいつを連れ出した。黙っていよう、と相談して……」

居間のドアが開いた。

「やあ、珍しいじゃないか」

と、佐々木が言った。

佐々木の後から佳子が、そしてすぐに、みずえもやって来た。

「あら、こちら……」

と、みずえが明子に目を止める。

「初めまして、明子です」

明子が頭を下げる。——安西は、ゆっくりと息を吐き出した。額に汗をかいている。

どうしたんだ？　一体何てことをしゃべりまくっちまったんだ？

この人に、あんなことをしゃべってどうしようっていうんだ……。

明子が深々と頭を下げ、なかなか上げなかったのは、笑顔を作るのに、時間が必要だったせいだろうか……。

ドアは閉っている。――今。二十年後の今、ドアは閉っていて、俺は一人だ。

そしてみずえは庭にいて――。

ドアが開いた。安西は思わず声を上げそうになった。

「少し早かったかしら」

みずえが戻って来たのだ。「佐々木さんたち、そろそろみえてもいいのにね」

「うん……」

安西は、肯いた。

「どう？」

みずえは椅子《いす》の背に手をかけて、「思い出した？」

安西は、ティーカップへ目をやった。

「いや」

首を振って、「さっぱり思い出せないよ」

と、言った。

「そろそろじゃない？」

と、佳子が言った。

「うん……。しかし、何だか馬鹿らしいな」

と、佐々木は肩をすくめた。

「そんなこと言って……。倉科さんの頼みなんだから」

「分ってる。じゃ、行くか？」

片桐たちの方へ、佐々木は、「じゃ、お先に」

と、手を上げて見せた。

「ああ、後でな」

片桐は、笑顔で肯いた。——車にもたれて立っている。

恵はドアを開け、座席に横向きに腰をおろして、足を外へ出していた。

「——僕らはいつごろ入ってきゃいいのかな」

「たぶん……三十分ぐらい後？」

「大分遅くなったんだ、あの時は」

「そうだったわね」

恵は言った。「——あなた」

「うん？」

「話すべきかしら？」

片桐は黙っていた。——恵が、夫の顔を見上げて、

「あなた……」

「待ってくれ」

と、片桐は言った。「考えてるんだ。迷ってるんだ」

「でも……倉科さんの気持を考えたら、私……」

「分ってる」

片桐は、顔を伏せ、つま先で地面をけっていた。「——分ってる」

4

「私、台所から手がはなせませんので。少しお待ちになってて下さい」

邦代がそう言って、居間の前で佐々木たちと別れる。

「——そうだったわ。あの時も、こうだったの」

と、佳子が微笑んで、「まるで二十年前に戻ったみたい」

「そうか?」

と、佐々木が苦笑する。「若返った気分はしないぜ」

「当り前でしょ」

居間のドアが開いて、安西みずえが顔を出した。

「本当なら、一緒に入ったのよね」

と、みずえが言って、「さ、どうぞ」

「そうだったわね。——タイムマシンに乗ってる感じ」

佳子は面白がっている様子で、「窓が明るかったの、憶えてるわ。そしてそこに——」

「ええ……。明子さんが立ってたのよね」

みずえは、居間の中央を振り向いた。「あの人だけが、欠けてるわ」

「初めは、よく見えなかったの。窓が明るくて、あの人の顔、少しかげになってたから」

と、佳子は言った。「それに——そう。いやに長く顔を下げてなかった?」

「そうそう。憶えてるわ」

と、みずえも肯く。「何てていねいな人だろう、と思ったもんだわ」

——だから、気付かなかった。

俺だって、初めからあの顔が見えていたら……。佐々木は、にぎやかにしゃべり合う女たちを避けるように、壁ぎわを伝って、窓の方へと歩いて行った。

確かに、あの時、明子の顔はかげになっていて、すぐには分らなかった。そして、長いこと頭を下げていて……。後は女同士、あれこれ話をしていて……。

佐々木はちょっと会釈《えしゃく》しただけで、後は専《もっぱ》ら、安西と話をしていた。

安西はいつになくくたびれている様子で、話をするのも面倒という感じだったが、たいてい佐々木が一人でしゃべっていたので、構わなかったのである。

そして——居間の中の光の状態に慣れたせいもあるだろう。

佐々木は、佳子やみずえとしゃべっている明子の顔を、初めてはっきりと見た。

佐々木の話が突然途切れたのも、安西は気にしていないようだった。


「——旦那様」

台所で、邦代は言った。「ずっとここにいらっしゃるんですか？」

「僕は幽霊さ」

台所の椅子に腰をおろして、倉科は言った。「一足早く、幽霊になったんだ」

「いやなこと、おっしゃらないで下さい」

邦代はガスの火を止めて、「何かお飲みになりますか」

「コーヒーをいれてくれるかい」

と、倉科は言った。「二十年前とは違うがね」

「じゃ、すぐに」

と、邦代が仕度をする。

「僕は存在しないんだ、この時間には」

と、倉科は言った。「そして、明子は存在した。――あと何時間かの命だったが」

「本当に……」

邦代はコーヒーをフィルターで落としながら、「いい方でしたね」

「うん……」

倉科は、広がって来るコーヒーの匂いをかいで、息をついた。「――旨《うま》そうだ」

「どうぞ。ミルクは？」

「ブラックでいい」

と、倉科はカップに手を伸した。「馬鹿なことをしてると思うだろうね」

「いいえ」

と、邦代は首を振った。「私もまだ、時々奥様が生きておられるような気がすることがあります」

「そうか……。ありがとう」

倉科はゆっくりコーヒーを飲んで、「――君は、どうする？」

邦代が倉科を見た。

「いや、僕はどうせあと三か月だ。その後のことだよ」

「さあ……。考えておりません」

と、邦代は笑った。「まだ若いですから、私は」

「全くだ」

「あら、皮肉ですか？」

と、邦代は倉科をにらんだ。

「いやいや」

倉科は笑って、「本当だよ。君は若くて元気だ。二十年前と大して変ってないよ」

「そんなこと、おっしゃって」

邦代は困ったように言った。「旦那様らしくありません」

「そうか？　どんな風にしてれば僕らしいかね」

「そうですね……。自然にしてらっしゃる時が――。特にお仕事を離れられてからは」

倉科はコーヒーを飲み干した。

「君は本当によく働いてくれた。君には充分なものを遺《のこ》してあげたいと思ってるんだ」

「旦那様――」

「いや、それだけはちゃんと受け取ってもらわなくては困る。いやだと言っても、お化けになって届けに行く」

邦代はちょっと笑って、「それじゃ、遠慮なくちょうだいします。楽しみにしておりますわ」

「ああ。大いに楽しみにしててくれ。僕のケチさ加減がよく分るはずだ」

と、真顔で言って、「残りの財産は僕の棺《ひつぎ》に入れてもらって、灰にしてしまうさ」

「あら、もったいない」

「そう思ったら、お棺から盗み出してくれ」

「そんな……。もうやめて下さい、そんなお話！」

と、邦代は半ば本気で腹を立てて言った。「さ、佐々木様たちにお茶をお運びしませんと」

倉科は、お茶の仕度をする邦代を見ながら、

「明子は、みんなに会っていたんだな」

と、言った。「後で、そんなことを訊こうともしなかったからね。今日初めて分った」

「そのようですね」

「しかし――君が佐々木たちにお茶を持って行った時、明子は居間にいなかったんだろう？」

「いらっしゃいませんでした」

「その時点で二階へ上っていたのかな。すると、片桐たちが来る前ってことになる」

「そうですね、たぶん……」

「しかし、君、確か片桐が明子に挨拶していたと言ったね」

邦代は、ちょっと考えて、

「確かに、あの時はそう申しましたけど、はっきり聞いたわけではございません。片桐様が、どなたか他のお客様と話しておられたのかも……」

「そうだね。そうかもしれない」

倉科は肯いた。「邪魔してすまない。さあ、持って行ってくれ」

「はい」

邦代は、佐々木と佳子の分のアップルティーを盆にのせて、台所を出て行こうとした。

「――そうだ」

と、倉科は言った。「あの時、荷物が来たんだね」

「は？」

と、邦代は振り向いた。

「ほら、たぶん明子の身の周りの物を詰めた宅配の荷物だよ」

「そうでございましたか？」

と、邦代は眉を寄せて、「――そういえば、何か荷物が……。でも、たぶん奥様がお受け取りになったと思います」

「もし私が受け取っておりましたら、憶えていると思いますが」

「明子が自分で？」

「それもそうだね」

と、倉科が微笑した。「——いや、いいんだ。行ってくれ」

邦代は軽く頭を下げて出て行った。


「そして——」

と、佳子が言った。「明子さん、出て行ったのよ」

「そうだったわ」

と、安西みずえが肯く。「何だか急に出て行った、って感じじゃなかった？」

「そう！　そうなの。私もそう思ったわ」

「何の話をしてたか忘れたけど、パッと話を切って、ちょっと失礼します、って……。そう言ったかどうか、よく憶えていないけど」

みずえは夫の方を見た。「ね、あなた、憶えてない？」

安西は首を振った。

「まるで忘れちまったよ。よく思い出せるもんだね、君らは」

「あら、もちろん二十年前のことを、何でも憶えてるわけじゃないわ」

と、みずえは言った。「ねえ。――やっぱり、あんなことがあったから、明子さんの印象が強烈なのよ」

「しかし――」

佐々木はタバコに火を点《つ》けながら言った。「そうやって思い出せても、彼女の心の中までは覗《のぞ》けない」

「もちろんよ。でも、佐々木さん、ＴＶのお仕事でしょ？　何か思い付かないの、想像力を働かせて」

「ＴＶマンなんて、侘《わび》しいもんさ」

と、佐々木は苦笑した。「視聴率なんて夢のかけらもないもので一喜一憂。胃に穴をあける奴がざらにいる。人の内面がどうしたって、知っちゃいないさ。胃の内面は心配でもね」

佐々木は安西へ目をやって、

「その点、お前は気楽だな。そりゃ辛いこともあるだろうけどさ」

安西は、ちょっと微笑んだが、何も言わなかった。

――言ったところで、分るものか、と安西は思った。

何もかも失うことの恐ろしさが、経験したことのない人間に、分るはずはない。――今、安西はごくありふれた中規模の企業で、課長である。

父から継いだ会社を何とか潰すまいと、必死で駆け回り……しかし、結局はむだな労力だった。

後になって考えれば、もっと早い時点で見限っておけば良かったのだ。そうすれば、自分たちの住む家ぐらいは、手もとに残った。しかし、頑張って頑張って、そして負けた時、安西は何もかも失っていたのである。しかも、莫大《ばくだい》な借金までかかえて。

みずえに一言も話していなかったのも、失敗だった。みずえなら、もっと冷静に、事態を眺《なが》められただろう。

家さえも取り上げられて、途方に暮れた安西が、自殺しようかと考えている時、みずえは言ったのだった。

「死ぬよりましよ」

と。

そして、みずえは笑った。——社長夫人から、無一物に転落して、笑ったのである。

それから安西はつてを頼って就職し、アパート住いの何年かが続いた。みずえも働いた。

今は——自分の家もある。会社まで通勤に一時間以上かかるが、それは仕方ないことだ。

そして、みずえももう働いていない。借金は返したし、仕事は面白いとも言えないが、一応会社では大切な存在だ。

二十年……。安西にとっては、たぶん普通の人間の四十年にも当る長い日々だった。

そんなことを、誰に言っても始まらない。――自分でくぐり抜けてみなければ、炎の熱さは分らないのである。

忘れていた。ここへ来るまでは。

あの日、倉科明子に、金を借りたいと迫ったこと。その時、言ってはならない秘密を、しゃべってしまったこと。

――もし、倉科があの時、少々の金を都合してくれていたとしても、結果は変らなかったろう。むしろ、もっと深い泥沼《どろぬま》に引きずり込まれていたかもしれない。

安西は、みずえにもあの時のことは話していない。いや、忘れてしまっていたのである。明子の死、そして会社の倒産……。あまりに色々なことが起りすぎた。

だが……。そんなことがあるだろうか？

あの時、俺が口走ったことが原因で、明子が自殺した、などということが。

まさか！――そんなことはない。いくらショックを受けたとしても、自殺するほどのことではないはずだ。

だが、明子は結婚したばかりで、幸せに包まれ、夢見心地だったはずだ。そこへ、安西は石を投げ込んだ。

万が一……。もしかして、本当に……。

――邦代が盆を手に入って来た。

「遅くなりまして」

「どうもありがとう」

と、佳子が言った。「――これをいただいて、庭へ出たのね。それとも、片桐さんたちが先に来たっけ？」

みずえがちょっと考えて、

「たぶん……庭へ出た方が先。片桐さんの彼女を紹介されたのは、お庭でだったような気がするわ」

「そうそう」

と、佐々木が肯く。「思い出したよ。あの妻君、いかにも初々《ういうい》しくてさ、芝生にちょこんと立ってたよ」

「私は初々しくなかったの？」

と、佳子が笑った。「――さ、これをいただいて、お庭へ出ましょうよ」

「邦代さん、庭でゴルフはできるの？」

と、佐々木は訊いた。「もちろん転がすだけだったね」

「はい、手入れしてございます。長いこと、使っておりませんでしたので」

「久しぶりだ。少し振り回すか」

と、佐々木が両腕を曲げたり伸したりした。

「人にぶつけないでよ」

と、佳子が言った。「安西さん、ゴルフは？」

「僕はお付合い程度でね」

と、安西は言った。「今は家内の方がずっと上」

「あらすてき。みずえさん、一緒にやりましょうよ、今度」

「いいわね」

と、みずえは笑って、「亭主たちは放っといて、女だけでやりましょうか」

アップルティーは早々に空になり、四人は庭へと出て行った。


空になった居間へ、倉科が入って来た。

窓から明るい庭が見える。庭へ出た安西夫婦、佐々木、佳子の四人がよく見えた。

あの日、明子はこの光景を見ていたのだろうか？

人の気配がして、振り向くと、片桐が立っていた。

「何だ。奥さんは？」

と、倉科は訊いた。

「外の車にいる」

と、片桐は言った。「本当なら、まだ早すぎるんだ」

「そうか」

倉科は微笑んだ。「すまんな、妙なことを言い出して」

「いや……」

片桐は窓の外で楽しげにクラブを振っている四人を眺めていたが、「——倉科、ちょっと話したいことがある」

倉科は探るように片桐を見ていたが、肯いて、

「ここで？」

「いや、ここじゃない方がいい」

「分った。——こっちへ来てくれ」

倉科は片桐を促して、居間を出た。

5

恵は、表の車の中に腰をおろして、夫が呼びに来るのを待っていた。

あの日の通りに行動しようとすれば、たぶんまだ三十分くらいはここにいなくてはならないだろう。

もちろん、今、夫が倉科に話をしている、その結果次第ではどうなるか……。

重苦しいものが、恵の上にのしかかっていた。――二十年という年月が。

二十年たって、あのことを打ち明けることに、何の意味があるだろう？　しかし、黙っていること――黙っていて、倉科を、何も知らぬままに「送る」ことにも、恵は堪えられなかったのである。

「黙ってるの？」

明子が自殺した後で、恵はそう訊いた。夫に。いや、まだ夫になる前の片桐に。

「今は話してもしょうがないよ」

と、片桐は言った。「その内、時期をみて話すさ」

時期をみて……。だが、二人は結婚し、やがて里枝が産まれ、日々は過ぎて行った。二十年間。

恵も、ほとんど思い出すことはなかった。しかし、たまに――たいていは正月の年賀状とか、海外からの絵ハガキを見てのことだったが――倉科のことを思い出す。すると、真先に、

「まだ言ってない」

という思いが頭をよぎるのだった。

そうだ。――遅くなっても、やはり話しておくべきだ。ずっと沈黙しているよりは、そ

の方が……。たとえそれでどんな結果になろうとも。

恵は屋敷の玄関のドアを見た。

あの日は——怯《おび》えていたものだ。

夫の友人に初めて会うというのは、怖いものである。それまで全く知らなかった夫の一面を見ることになるからだ。

同時に、夫が「自分だけのもの」でないことを（当り前だが）、知ることでもある。

「——いらっしゃいませ」

初め、ドアを開けた邦代を、恵は倉科の妻かと思って、深々と頭を下げたものだ。

片桐が気楽に話しかけ、邦代が居間へと二人を案内する。

「皆さん、お庭でゴルフを」

と、邦代が言った。「よろしかったら、いかがですか」

「そうだね」

片桐は、恵の方へ、「外へ出て、挨拶するか」

と、言った。

「どっちでも……」

「気楽な連中さ。——そっちから出るんだったね」

片桐は、恵の腕をとっていた。

庭へ出て行くと、片桐にめいめいが声をかけ、恵の方へ真先に目を向けたのは、二人の女性だった。恵は、ボソボソと低い声で何か言ったような気がする。

片桐は、他の面々と一緒にクラブを握って遊び始めた。恵は全くゴルフをしないので、離れてその様子を眺めていたが……。

手洗いを借りようと、恵は一人で屋敷の中へ戻った。

そこで、恵は明子に会ったのである。

「どうも……」

片桐がいないので、恵は自分の立場をせっせと説明しなくてはならなかった。

初め、明子はいやに緊張した面持《おもも》ちだった。しかし、恵がまだ結婚前と判ると、すっかり気が楽になった様子だった。たぶん、自分の気持に近い、と思えたのだろう。

何だか、そんな時に訊くのも妙だったが、恵はトイレの場所を教えてもらい、礼を言った……。

そして——トイレから出ようとして——洗面台で手を洗い、用意された小さなタオルで拭《ふ》いて出ようとした時だった。

「待てよ！」

男の声がして、ギクッとした。ドアを細く開けていたが、出て行きにくくなって、手を止めていた。

「逃げることないだろ」

と、男は続けて言った。「何もしてやしない」

「何かお話でもあるんですか」

こわばった声だが、明子に違いない。——何だろう？

「びっくりだな、全く」

男が愉快そうに言った。「明子って名は聞いてたけどさ、まさか——」

「佐々木さん」

と、明子が遮《さえぎ》って、「何が言いたいんですか」

佐々木か。——庭にいた男の人。そう、何だかキザな感じの……。ＴＶ局に勤めている、と言ってたわ。

「他人行儀だね」

と、佐々木はわざとらしいなれなれしさで、言った。

「他人ですもの。そうでしょう。——以前、何があっても、今は他人です」

「そっちはそうかもしれないがね」

と、佐々木は言った。「僕の方はね、わけが分らなくて、やけ酒もずいぶん飲んだんだぜ」

「——あのまま続けて、どうなったっていうんですか」

明子は押し殺した声で言った。押し殺しているのは、声だけではない。苛立《いらだ》ちと、誰かがやって来るかもしれないという怖《おそ》れを、何とか表に出すまいとしている。

その気持が、恵にも痛いほど分った。

「それにしてもさ。何か一言、言ってったっていいんじゃないの？　あれだけの仲だったのに。突然さよなら、じゃね」

佐々木は、ちょっと言葉を切って、「――ここじゃ何だろ。二階へ行こう」

「何ですって？」

「仲間に見られる。君だって困るだろ」

「私は――」

「分ってる、分ってる。なあ、誤解しないでくれ。僕も、今さら君を困らせる気はないよ。大体女房連れだぜ、今日は」

と、佐々木は笑って、「何しろおっかないんだ、あいつは。いつも言ってただろ」

しばらく、明子は何も言わなかった。

「――倉科が帰るまでに、僕らの間で、話をつけとかなくちゃ。そうだろ？」

佐々木が一押しして、明子も諦《あきら》めた様子だった。

「黙っててくれますね」

と、冷ややかな声で言った。

「もちろん。こっちだって頼みたいよ」

「じゃあ……。二階へ」

佐々木は何かしゃべり続けていたが、もう遠ざかって、恵には聞こえなかった。

やっと廊下へ出て、恵は息をついた。しかし、心臓は高鳴って、汗すらかいていた。

「――どうしたんだ?」

片桐がそばへ来ているのにも気付いていなかったので、声をかけられた時、飛び上るほどびっくりした。

「今……会ったの」

「会った?」

「明子さんって方……」

「ああ、何だ。どこにいるんだい?」

「あの……二階に」

「じゃ、後でいいや。倉科が帰ったら、ちゃんと紹介してくれるだろ」

片桐は、恵の肩に手をかけて、「君もゴルフ、やったら? 転がして穴へ入れるだけ。子供の遊びみたいなもんだよ」

「ねえ……」

「何だい?」

「今……聞こえちゃったの、トイレにいて」

「何のこと？」

「話が。──明子さんと佐々木さんの」

「佐々木？　そういやいないな。あいつが──」

「聞いて」

恵の話に、片桐は唖然《あぜん》とした。

「その話の様子じゃ……佐々木の前の恋人？」

「ただの仲じゃなかったはずよ」

「参ったな！　そんな偶然が──」

片桐は階段の方へ目をやった。「あいつは以前からそういう女性がいつもいたんだ。まだ売れないタレントの女の子なんかに手を出して……。明子さんってのも、そんな中の一人なんだなきっと」

「でも、どうなる？　もし倉科さんにそんなことが──」

「まさか」

片桐は首を振って、「佐々木だって、そこまでやらないさ。悪い奴じゃない。ただ、女ぐせが悪いだけで」

「大丈夫かしら……」

恵は不安だった。

「僕らが心配してもしょうがないさ。――さ、行こう」

一旦庭の方へ歩き出して、恵は足を止めた。

「――どうかしたのか？」

「ねえ……。何も言わない気なら、なぜ佐々木さん、彼女と二階へ行ったの？」

「そりゃ、話があったんだろ。どうして倉科と知り合ったのか、とか」

「そうかしら」

――恵の不安げな表情を見て、片桐の顔は少しこわばった。

「おい……。いくら何でも。そこまで悪《わる》じゃないぜ。僕の友だちだ」

「分ってるわ。でも――」

片桐も、自分の言葉を信じ切れていないのが、恵には分った。迷っている。

「――行ってみよう」

と、片桐は言った。

階段を上って、二階の廊下へ出る。

「どこにいるのかしら」

「さあ……。僕も二階へ上るのは久しぶりだからな。今、どういう使い方してるのか分らないし……」

「主寝室は？」

「たぶん……あの奥の右手だ。両開きになってるだろ、ドアが」

恵の方が先に立って歩き出した。――片桐があわててついて来る。

だが、二人がその両開きのドアの前に行き着いた時、一つ手前のドアが開いた。そして、佐々木が出て来たのである。

振り向いた二人は佐々木を見ていたが、佐々木の方は半ば階段の方へと体を向けて、片桐たちに背を向けていたので、すぐそばに彼らがいることに、気付いていなかった。

そして気付かぬままに、軽く息をついて、髪の乱れを直し、足早に階段へと急いだ。

恵は、息を殺して、佐々木の姿が見えなくなるまで、その場で動かなかった。

片桐は、ゆっくりと首を振った。

「あいつ……」

「しっ」

恵は低い声で、「あの人に聞こえたら……」

佐々木が出て来たドアは、細く開いたままになっていた。

恵は、片桐を促して、足音を忍ばせ、そのドアの前を素早く通り過ぎた。

そして、やっと息をついたのは、階段を下りた時だった。

「――ねえ」

と、恵は言った。

「佐々木の奴！　ぶん殴ってやる！」

片桐は顔を紅潮させていた。

「だめよ」

「どうして？　あいつ、彼女を――」

「分ってるけど……。あの人は知られたくないかもしれない。そうでしょ？」

恵は言った。「あの人が決めることだわ。もし、あの人が、佐々木さんに……乱暴されたと訴えたら……。その時は、私たちがあの人のために話してあげればいいわ、倉科さんに」

片桐は、深く息を吐いて、

「そうだな……」

と、言った。「しかし、これですむかどうか。――佐々木の奴、これで忘れるとは思えない」

「でも、倉科さんの奥さんよ。そう会うわけにもいかないだろうし……。今は様子を見ましょう」

恵は、片桐の肩に手をかけたのだった……。

あれで良かったのか。

恵は後になって、悩んだ。——もし、夫のやりたいようにさせていたら。

夫が佐々木を殴って、大騒ぎになっていたとしたら……。

倉科は、帰ってから当然、何があったか知っただろう。もちろん倉科と佐々木の間はおしまいだったろうが、明子は死なずにすんだかもしれない……。

あの後も、気になって片桐と恵は二階へ様子を見に行ったりしたのだ。そこへ、倉科が帰って来たのである。

でも、今さら考えても仕方のないことだ。

恵は目を閉じた。——あの時の胸の痛み。明子の死を知った時のショックが、まざまざとよみがえって来る。

不幸な人。不運な、あまりにも残酷な偶然が彼女を訪れたのだ。

——目を開けて、恵はギョッとした。

車の窓の所から覗き込んでいるのは、佐々木だったのだ。

「佐々木さん」

恵の表情に、佐々木はけげんな顔をして、

「どうしたんだい？　僕が狼男《おおかみおとこ》か何かみたいじゃないか、そんな顔して」

と、苦笑したが、「——いや、遅いから見に来たのさ。旦那はどこにいるんだい？」

恵はドアを開けて、外へ出た。

「今、ちょっと……」

と、言いかけて、「すぐに行くわ、私たちも」

でも、もうそんな必要はないかもしれない。

分ってしまったのだから。

「ねえ、何だか様子が——。いやな雰囲気《ふんいき》だな」

佐々木は少し苛ついている様子で、「倉科の奴も、余計なことして。今さら二十年も前のこと、掘り返して、どうなるっていうんだ？」

恵は、硬い表情で佐々木を見た。

「それはご自分のためでしょう」

「何だって？」

「佐々木さん。——私、聞いてたのよ、あなたと明子さんの話を。あの時、私、トイレにいたの。あなたは明子さんを二階へ連れて行って……」

「待ってくれ」

佐々木は、ちょっと肩をすくめると、「確かに……。明子とは半年近く、親しい仲だったんだ。あいつがＴＶ局の雑用をやるアルバイトをしててね。だが、何も僕は無理にそうなったんじゃない。男と女の仲だぜ」

「分ってるわ。それはいいのよ。でも、倉科さんと結婚したあの人を――」

「おい」

佐々木は青ざめた。「それじゃ……。片桐の奴、倉科に話しに行ったのか？　僕のことを？」

「ええ」

恵は真直ぐに佐々木を見据《みす》えた。「話してあげなきゃ、と決めたの。当然だわ」

「おい……。ひどいじゃないか！　古い友だちなんだぞ、俺たちは！」

佐々木は、玄関の方へと駆け出した。

そして玄関のドアを開けて中へ飛び込むと――。

「倉科……」

二階から、倉科と片桐が下りて来たところだった。

「あんたって人は……」

と、佳子が佐々木をにらんで言った。「友だちの奥さんにまで？　何て人なの！」

「よせ」

佐々木は冷汗を浮かべていた。「俺は……何もしなかった！　本当だ！」

居間は重苦しい空気に包まれていた。

倉科が、やや青白い顔でじっと身じろぎもせず、ソファに座っている。

全員が——何を言っていいか、分らない様子で、黙り込んでいた。

「何もしなかった、か」

と、片桐は首を振って、「そうは言えないだろ、佐々木。僕は見たんだ。お前が二階の部屋から出て来るところを」

佐々木は、ハンカチを出して、額の汗を拭《ぬぐ》うと、肯いた。

「そりゃ……確かに、そのつもりだった。しゃくにさわってね。俺の女だったのに、あいつ……。倉科の奥様におさまって、澄ましてやがる。——こいつ、と思った。黙っててやるなら、見返りがなきゃ、と……」

「いやな根性ね」

と、佳子が呆《あき》れたように言った。「邦代さん、紅茶ちょうだい」

「はい、ただいま」

邦代が出て行く。

「しかしな——」

と、佐々木は体を起こして、みんなの顔を見回すと、「何もなかったんだ！　本当だ。二階へ行って、彼女があの部屋へ入った。俺は抱きしめようとした。しかし——」

「それだけだって、充分よ」

と、佳子が口を挟《はさ》んだ。

「黙ってろ！」

佐々木が苛々と怒鳴りつけた。「明子は――あいつは、おとなしく泣き寝入りしてる女じゃない。俺を押し戻して、言ったよ。『それ以上近付いたら、自分で服を破って、大声を上げるわよ』とね。『あなたに乱暴された、とお友だちみんなに訴えるわ。以前がどうでも、こんなことをお友だちだって、許さないでしょ』と、そう言ったんだ」

佐々木は、肩をすくめて、

「俺は……何も力ずくでどうこうってつもりじゃなかった。あいつだって、一回だけ我慢して、それで口止め料にするんだと……。そのつもりだから二階へ上ったんだろうと思ってた」

「じゃ、結局、何もしなかったのか？」

と、片桐は言った。

「ああ。俺だって、そこまでして……。みんなの前で恥をさらしてまで、あいつをどうこうする気にゃなれないよ。――俺は何もしないで出て来た。本当だ！」

誰も佐々木の話を信じてはいないようだった。冷ややかな沈黙が、しばらく続いた。

「――もしそうなら」

と、安西が口を開いた。「明子さんが死ぬ理由にはならないと思う」

「そうよ」

佳子が立ち上って、佐々木の前に進んで行くと、「白状しなさい！　本当のことを。明子さんにしたことを」

「俺は何もしなかった！」

佐々木は、倉科へと目を向けて、「倉科……。悪かった。——あれから、俺だって、ずいぶん苦しんだんだ。しかし……これだけは本当だ。俺はあの時、明子さんを——犯したりはしなかった。むしろすごすごと退散したんだ。負けたんだ」

佐々木が、思いがけなく、泣き出した。

当惑が広がった。——一番、そんなことをしそうにない佐々木が、泣いていたからだろう。

「——僕は言った」

と、倉科が口を開いた。「犯人捜しをするつもりはない、と。今もそう思っている。ただ、明子がなぜあんなことをしたのか、何か手がかりでもつかめれば、と思っていただけだ」

「佐々木のやったことだけでも、充分よ」

と、佳子が言った。「後あとまで、つきまとわれたら、と思ったら、絶望的になるかもしれないわ」

お互いが、顔を見合せている。

長い沈黙を破ったのは、邦代だった。いつの間にか、居間へ入って来ていたのである。

「お茶をお持ちしました」

「みんなでいただこう」

と、安西が身をのり出して、言った。「僕も白状することがある」

6

安西の話に、みずえがため息をついた。

「そんなことを……。それであの日に限って、早く来たのね」

「そうなんだ」

安西は肯いた。「――倉科、すまん。あのころは、まともじゃなかったんだ、僕は。会社が潰れかけて、追い詰められたネズミみたいな気分だった」

「だからって、あなた……」

「いや、よく分るよ」

と、倉科が言った。「あの昔の事件で、君に借りがあるのも事実だったしね」

「そう言われると辛い」

と、安西は紅茶を飲みながら言った。「あれからずっと気になってた。もしや、自分の言ったことで、明子さんが死を選んだのかと思ってね」

「でも、そんなことじゃ——」

と、佳子が言いかける。

「いや、分らないよ」

安西は首を振って、「僕にしても佐々木にしても、それぞれは、死ぬほどの理由にならないとしても、まだ結婚したばかりの、不安な気持の明子さんにとって、それが二つ重なったら……。発作的に死にたくなったかもしれない」

「あなた……」

「ずっと気にしていたんだ。——すまん、倉科」

倉科の表情は穏やかだった。

「みんな……僕のこんな気《き》紛《まぐ》れに、よく付合ってくれたな」

と、微笑んで、「みんなを傷つけたことは謝る。ただ、どうしてもこのまますませたくなかったんだ。しかし——もう充分だ」

倉科は自らゆっくりと肯いた。

「みんないい友だちだ。——明子がなぜ死んだか、本当のことは、明子自身しか知らないことだ。佐々木も安西も、そんな言いにくいことを、打ち明けてくれてありがとう。明子のことは、僕がよく知っている。おとなしいが、芯《しん》の強い女だった。明子が死んだのは、君らのせいじゃないよ」

佐々木が、顔を上げて倉科を見た。

「倉科、お前……」

「もう忘れよう。たぶん……これで会えない奴もいるだろうが、最後まで友だち同士でいようじゃないか」

倉科は邦代の方へ、「食事の仕度は？」

「はい、一時間ほどお待ち下されば」

邦代が微笑して言った。

「みんな食べていってくれよ。邦代がとっておきのデザートを出すそうだ」

一気に、その場の雰囲気が和んだ。

「お手伝いするわ」

と、立ち上ったのはみずえだった。「何でも言ってちょうだい」

「私も」

佳子が紅茶を飲み干して、「こう見えても結構やれるのよ」

「じゃ、何もできん男どもは、どうするかね？」

と、片桐が言って、ドッと笑いが起きた。

「あら、そうだわ」

と、恵が言った。「里枝に電話しなきゃ！　忘れてた」

「申し訳ありませんね、奥様」

と、邦代が言った。

「いいえ、とんでもない」

恵が、お皿を水切り棚《だな》に並べながら言った。「私、片付ける方が得意なの。でも、本当にすてきなお料理だったわ」

「ありがとうございます」

台所へ、片桐が顔を出して、

「おい、何か手伝おうか？」

「結構よ。あなたがやったら、せっかくのいいお皿が何枚割れるか」

「おいおい」

と、片桐は笑った。「じゃ、居間で倉科としゃべってるよ」

「はいはい。ごゆっくり」

――夕食がすんで、片桐と恵以外の四人は、帰って行った。作る方であまり手を貸せなかった恵が、後片付けを手伝うことにしたのである。

「邦代さんも、長いことよくやって来たわねえ」

と、お皿を拭きながら、恵は言った。

「旦那様のためです」

「そうね……。明子さんが生きていれば、今ごろは、この家もにぎやかだったでしょうけど」

――少し間があって、

「奥様」

と、邦代が言った。「聞いていただきたいことがあるんです」

「何かしら？」

「明子さんを殺したのは、私です」

邦代は、洗剤の白い泡《あわ》をふくんだスポンジで、カップを洗っていた。――恵は、

「何ですって？」

と、訊き返していた。

「私は、旦那様を愛していました。このお宅へ来た時から、ずっと……。もちろん、そんな様子を見せたことは一度もありません。でも、気が狂いそうなほど――二十代のころの私は、旦那様を誰にもとられたくない、と思い詰めていたんです」

淡々とした口調である。邦代は続けた。

「明子さんを憎んだのは当然でしょう。私一人のものだった旦那様をあの人は……。私は、佐々木さんと明子さんの話を、聞いていたんです」

「私が立ち聞きした話を？」

「ええ。――私は体が震えました。他の男のものだった女が、旦那様と、何食わぬ顔で、と思うと……。あんな女をここへ置いてはおけない、と思いました」

邦代は、ふと手を休めた。「お二人が二階へ上っておられた時、荷物が届いたんです。明子さんの身の周りのものをまとめた荷物で……。受け取った時、荷の角が破れて、そこから何か紙にくるんだ物が落ちました。――拾ってみると、写真立てに入れた写真で……。ご覧になりましたでしょう。明子さんと、行方の分らないお兄さんとの小さいころの――」

「見たわ」

「その話はうかがっていましたから、写真を見てすぐに分りました。これがそのお兄さんなのか、と……。そして、ふと頭に浮んだんです。ある考えが」

邦代は、いつしか独り言のように、続けていた。「私は荷物の破れ目を直して、分らないようにして、二階へ持って上りました。エプロンのポケットの中に、写真を入れていました。明子さんは、佐々木さんとおられた部屋にまだおいでで……。都合が良かったのです。あそこは納戸《なんど》のようにして使っている部屋でしたから……」

「こちらだったんですか」

と、邦代はドアを開けて、「お荷物が届いてます」

「ありがとう」

明子は、長椅子《ながいす》から立ち上がった。「良かったわ。ちゃんと届いたのね」

「大切な物でも？」

明子はちょっと笑って、

「というより、これが私の全財産」

と言った。「ゆっくり開けるわ、今夜にでも」

「早くお帰りになるといいですね、旦那様が」

「でも、私がしっかりしないと……」

と、明子は言って、「邦代さんに助けていただかないと、何もできないわ」

「何をおっしゃってるんですか」

と、邦代は微笑んだ。「明子様は旦那様と似てらっしゃいますもの。いいご夫婦におなりですよ」

「そうかしら」

「よく申しますでしょ。いい夫婦は顔も似てるって」

「そうなるといいけど」

「旦那様も、妹さんのことをずっと忘れないでおられますから。明子様のことを、妹さんのように――」

「妹さんが？　あの人に妹さんがいるの？」

明子はびっくりして訊いた。

「あら。――旦那様からお聞きかと思っていました。すみません」

邦代は少しあわてた様子で、出て行こうとした。

「邦代さん」

と、明子が呼び止めた。「何かわけがあるの？　お願い、話してちょうだい」

「いえ、別に……。お二人には関係のないことです。その内、旦那様がお話しになるでしょうし」

「だったら、今話してくれても同じでしょう」

明子は後に引かなかった。

「ええ……。旦那様はこのお家へ養子として入られたんです。もちろん私もその辺のことはよく存じませんが」

「そうなの」

「妹さんと、小さいころに別れたままで、ずいぶん気になさっておいでで……。今ごろどうしてるかとよくおっしゃっています」

「知らなかったわ」

「明子様には、きっと少し落ちつかれてから話されるおつもりなんですわ」

と、邦代は言った。「私から聞いたとはおっしゃらないで下さいね」

「ええ、分ってるわ。——大丈夫」

「じゃ、私、もう下へ……」

と、出て行きかけて、「そうそう。妹さんとお二人で撮られた写真が、どこかこの部屋に……」

戸棚の引出しを開け、探るふりをして、邦代はポケットの中の写真を取り出していた。写真は、居間にあった全く別の写真立ての中へと移してあった。

「あ、これですわ」

と、邦代は、明子の方へ持って行った。「ほら、旦那様も面影《おもかげ》が——。これ一枚しかないそうです。旦那様の大切な宝物ですわね」

明子はじっとその写真を見つめていた。

「——元へ戻しておきませんと」

邦代は、写真を引出しへと入れて、「じゃ、下へ行っておりますから」

と、一礼して出て行った。

明子は何も言わずに、長椅子に座っていた……。

「——馬鹿なことをしたものです」

と、邦代はスプーンやフォークを洗いながら言った。「もし、あそこへ旦那様が帰って来られたら、すぐに私の嘘なんか分ってしまうのに……。明子さんが少しでもおかしいと思えば、自分の荷を解いて、写真がないことに気付けば……。でも、私はどうせ明子さんとは一緒にいられないと思っていましたから、クビも覚悟だったんです。うまくいけば、旦那様が帰られる前に、あの人は出て行くかもしれない。出て行って、姿をくらましてしまうかもしれない、と……。でも、まさか——」

邦代は、ちょっと目をつぶって、

「あんなことになるとは！」

と、言った。

声が震えた。しかし、すぐに邦代は、いつもの穏やかな表情に戻った。

「少しして、明子さんが台所へ下りて来られました。そして、『私、ちょっと急な用事で出かけるの。あの人が戻って捜してたら、そう言って』とおっしゃったんです。私は勝った、と思いました。追い出してやった、と……。旦那様がお帰りになった時、もう明子さんはいないものと私は思っていました。でも、私はいつ、どうして出て行ったか、知らないことにしよう、と……。後であの写真は明子さんの荷物へ戻しておかなきゃ、とも思いました。そして旦那様は二階へ――。騒ぎが起った時、私は呆気《あっけ》にとられていました。一体何が起ったのか、見当もつかなくて……」

邦代は、スプーンの水を振って切ると、「私が明子さんを殺したんです。――たぶん、旦那様も」

「邦代さん……」

「お二人が結婚生活をあのまま続けておられたら、きっと旦那様ももっと長生きを――」

邦代は、ちょっと息をついて、「あ、そこへ置いて下さい。ありがとうございました」

「いいえ……」

恵は、まるで夢でも見ているような気持だった。

「奥様」

邦代は、タオルで手を拭いながら、「この話は、旦那様が亡くなって、何もかもすんでから、ご主人や、お友だちへ話してあげて下さい。佐々木さんや安西さんの気持も、軽くなるでしょう」

「邦代さん、あなたは……」

「旦那様にお詫《わ》びしたいとは、ずっと思っていました。でも、本当のことが分ったら、もうここにはいられません。あと三か月、旦那様の面倒をみさせていただくのが、私の罪滅ぼしだと思っています」

「邦代さん。――あなた、死ぬ気ね」

と、恵は言った。

「当然です。人間、犯した罪は償わなければ……」

「いけないわ、そんな――」

「その気でなくても、たぶんそうなると思います」

邦代は微笑んだ。「人間、自分を支えているものを失ったら……。長生きして、何になるでしょう?」

恵は答えなかった。いや、答えられなかったのだ。

「――コーヒーでもおいれしますか？　それとも、もうお帰りになります?」

と、邦代は訊いた。

恵が何も言えずにいると、倉科が顔を覗かせた。

「悪いけど、コーヒーをいれてくれるかい」

「今、おいれしようと思っていました」

と、邦代が言った。「すぐお持ちします」

「さすがだ」

倉科は、そう言って笑うと、「恵さん、すまないね、遅くまで」

「いいえ」

「あっちで休んでくれ。いつまでも引き止めるわけじゃないから」

「ええ」

恵は、倉科が居間へ戻って行くと、邦代の方へ向いて、「——アップルティーを飲む度に、あなたのことを思い出すわ」

と、言った。

「ありがとうございます」

邦代が頭を下げる。

恵は台所を出て、居間へと歩いて行った。

倉科と夫の明るい笑い声が聞こえている。

廊下で足を止めた恵は、壁にもたれかかり、声を殺して泣き出していた……。

解説

山前　譲

長編小説と短編小説、どちらがお好き？　そう問われて即答できる人はなかなかいないだろうが、赤川次郎氏のファンなら瞬時に答えるに違いない――どっちも好きだと。数多くの赤川作品で読者は、長編小説と短編小説の両方を楽しんできたはずだ。いわゆるショートショートもたくさん書かれている。すでに三十冊を超えた杉原爽香のシリーズはまさに大河小説だ。そして一九九一年六月に新潮社から刊行された本書『遅刻して来た幽霊』には、さまざまなタイプのミステリアスな短編小説が収録されている。

まずは赤川作品を例にしてミステリーの短編を三パターンに分類してみよう。

もっとも馴染みのあるのは、シャーロック・ホームズのようなあるキャラクターの活躍をまとめた連作である。古今東西、これまでどのくらいの数のシリーズが書かれているのか、すぐに数えあげるのは簡単ではない。

赤川作品では、一九七六年発表のデビュー作「幽霊列車」に登場した大学生の永井夕子を最初として、まさかの動物探偵の三毛猫ホームズ、刑事と泥棒のマッチングである今野夫妻、正統派吸血鬼を父とするエリカ、警視庁一の嫌われ者の大貫警部、マザコン刑事こと大谷努、花嫁にまつわる事件が専門の塚川亜由美、幽霊を招くバスガイドの町田藍、江戸の町で噂の大泥棒である鼠などなど、まさに多士済々である。

次に、やはり連作と呼ばれているが、あるテーマを意識して書かれたものも赤川作品には多い。〈懐しの名画〉シリーズ、『ふしぎな名画座』、『試写室25時』などは、映画好きの作者の趣味が遺憾なく発揮された短編集だ。サラリーマン物、そして『ホームタウンの事件簿』や『こちら、団地探偵局』といった団地物は、初期の赤川作品を特徴付けていた。『充ち足りた悪漢たち』や『砂のお城の王女たち』は年少者の心理に迫っている。『怪奇博物館』や『哀愁変奏曲』、あるいは〈当節怪談事情〉シリーズといったホラータッチのものも目立つ。『死者におくる入院案内』や『殺人を呼んだ本』、そして『家族カタログ』などと、タイトルでテーマを明確にしているものもある。『一億円もらったら』と『老兵に手を出すな』（のちに『不幸、買います』と改題）はなんと突然一億円を手にした人たちの物語だった。

そして三番目はこの『遅刻して来た幽霊』のような読み切りの短編をまとめたものだ。六作収録されているが、ストーリーと併せて関連する赤川氏の短編集を紹介していこう。

殺意は夫婦間でよく育まれる。こう言ってしまっては身も蓋もないが、かといってまったく否定できないのがミステリーの世界なのだ。赤川氏の短編にも数々の夫婦の軋轢《あつれき》が描かれている。

最初の「静かな訪問者」では田崎絹子《たさききぬこ》が夜、会社員である夫からの電話を待っている。午後十時前に電話があれば帰って食事をする。十時を回っていれば飲んで帰るから、食事はいらないのだ。ただ、その日はちょっと違った。これから自宅にお客が来るというのである。お得意さんだという。あわててケーキを買うため、近くのファミリーレストランに行く絹子だが、そこで出会ったのは……。理不尽な動機の犯罪計画が明らかになっていく。

サラリーマン社会の悲哀が漂うのは表題作の「遅刻して来た幽霊」だ。徳田実子《とくだじつこ》と水木《みずき》貞代《さだよ》が勤める貿易会社の新入社員の田代克彦《たしろかつひこ》が、自殺してしまう。遺書には〈この恨みは、死んでも必ず残る〉とか〈いいか、必ず貴様を呪い殺してやる〉などと書かれていた。だが、死にたくなるほど田代をいじめた人物に、実子と貞代は心当たりはなかったのだ。

その遺書が現実化したかのような出来事が続き、ふたりは探偵行を始める。探偵役は「子供のころ、私のヒーローは、エラリー・クイーンだったんですもの」と言う貞代のほうだ。エラリー・クイーンは小説のなかの名探偵だが、作者の名もエラリー・クイーンである。いとこ二人が合作していた。まさにミステリー界の巨匠で、エッセイ集『ぼくのミステリ作法』にはそこかしこにその名が出てくるから、赤川氏もその作品を愛読したに違いない。これぞミステリーという謎解きが展開されている。

サラリーマン社会を描いた赤川作品は、作家活動の最初期で特徴となっていた。『上役のいない月曜日』、『昼下がりの恋人達』、『サラリーマンよ悪意を抱け』などにまとめられている。また、密室や人間消失といった、ミステリーならではのテーマでまとめられていたのは『ミステリ博物館』である。

なにやら近年は結婚にまつわる話題が多いけれど、結婚までの道のりにもミステリーの萌芽がいろいろちりばめられている。人間の欲望がそこにも現れているのだ。「本物の朝」の寺田秀一《てらだしゅういち》は、父親が大企業の社長である由起子《ゆきこ》と知り合い、人生を大きく変えるチャンスと張り切っている。そしていよいよ彼女の父親に会うことになった。絶対に遅れないでねと、由起子から言われたのだが……。人の心を弄んだ男の皮肉な結末が印象的だ。

しだいに恋愛がメインになっていくのは「誉れの日」である。定年間近のサラリーマンの向井哲治《むかいてつじ》は、犯人逮捕に力を尽くしてついに九十九回も表彰された。次は百回目である。なおいっそう夜のパトロールに精を出す向井は、チンピラたちがコンビニを襲うという犯罪計画を耳にして――。過剰な正義感がもたらすサスペンスに、向井の高校生の娘の恋愛が絡んでいく。若者の一途な恋心と父娘のすれ違いはどんな結末を迎えるのか。

恋愛にまつわる微妙な心理はさまざまな物語を紡いできた。恋愛をテーマにした赤川短編を数え上げたらきりがない。『恋愛届を忘れずに』は変わったタイトルにそそられるだろう。『恋占い』は高校生と中学生の姉妹が巻き込まれた、九つの恋愛のトラブルが収録されている。『恋するビデオテープ』（のちに『日の丸あげて』と改題）は〈当節怪談事情〉シリーズのひとつだが、表題作にはちょっと怖い恋愛模様が描かれている。

本書のなかで異色作と言えるのは「相似形の明日」だ。高校三年生の朝吹《あさぶき》晴子《はるこ》は登校途中で交通事故に遭った。顔に鋭い痛み、そして肩が焼けるように痛んだ——はずなのに「無事」だった。下校時、担任の馬淵《まぶち》先生から頼まれ、晴子は転校してきたばかりなのに入院している石垣《いしがき》博子《ひろこ》の病室に見舞いに行く。すると彼女は晴子の事故と同じような事故に巻き込まれたらしい。さらに続く不思議なことが晴子を戸惑わせるのだが、タイトルの「相似形」の意味が印象的だ。

こうした現実と非現実の狭間で展開される赤川短編も多い。『真夜中のための組曲』、『遅れて来た客』、『告別』、『仮面舞踏会』などにまとめられている。もっと非現実の世界に踏み込んだものには、〈当節怪談事情〉シリーズや〈怪異名所巡り〉シリーズがある。

二十年前の「死」の真相が明らかになっていくのは最後の「幕間《まくあい》に死す」である。弁護士の倉科《くらしな》隆一《りゅういち》は古い洋館の自宅に、親しい友人知人を招待した。結婚相手の明子《あきこ》を紹介するためである。ところが内輪の「披露宴」の直前に、明子が首を吊って死んでしまった。なぜ？　そして二十年後、死期の迫った倉科の前で、その悲劇が再現される。出席者が抱えていた秘密が明らかになっていく舞台劇のような構成が、じつにスリリングだ。

舞台劇と言えば、赤川作品で唯一の戯曲集に『吸血鬼』がある。そして『誇り高き週末』の表題作では、七十歳の財産家が山荘に一族を招き、二十八歳の再婚相手を披露していた。やはり結婚にはさまざまな思惑が潜んでいるようだ。

第三のタイプの短編集は、『駆け落ちは死体とともに』、『土曜日は殺意の日』（のちに『孤独な週末』と改題）、『一日だけの殺し屋』、『さびしがり屋の死体』、『世界は破滅を待っている』、『復讐はワイングラスに浮かぶ』など一九八〇年代前半に集中的に刊行されている。その創作活動の初期において、赤川氏がいかに多くの短編を書いていたかが窺える。そして、表題作からだけでも、赤川作品ならではのタイトルの妙が明らかだろう。

その後、キャラクターによる連作が増えて第三のタイプの短編集は減ってきたが、『行き止まりの殺意』、『いつもと違う日』、『素直な狂気』、『幽霊はテニスがお好き』、『手首の問題』などに、ヴァラエティ豊かな短編が収録されている。

短編の魅力のひとつに挙げられるのは、物語の世界が一転するラストだ。そこにある驚きは、この『遅刻して来た幽霊』に収録された作品でも味わえる。そして、あるテーマに統一されて書かれたものではないけれど、ひとつのキーワードとして電話の存在に気付くかもしれない。電話が絡んだ赤川氏の短編集には『幽霊屋敷の電話番』があるが、まだ携帯電話が普及する前の、電話という連絡手段が絡んでのミステリアスな物語によって、赤川短編の妙味を堪能できる一冊となっている。

（やままえ　ゆずる・推理小説研究家）

『遅刻して来た幽霊』一九九四年一月（新潮文庫）

中公文庫

遅刻《ちこく》して来《き》た幽霊《ゆうれい》

2024年3月25日　初版発行

著　者　赤《あか》川《がわ》 次《じ》郎《ろう》

発行者　安部 順一

発行所　中央公論新社
〒100-8152　東京都千代田区大手町1-7-1
電話　販売 03-5299-1730　編集 03-5299-1890
URL https://www.chuko.co.jp/

DTP　ハンズ・ミケ
印　刷　三晃印刷
製　本　小泉製本

Published by CHUOKORON-SHINSHA, INC.
Printed in Japan　ISBN978-4-12-207491-0 C1193

各書目の下段の数字はISBNコードです。978－4－12が省略してあります。

中公文庫既刊より

あ-10-9　終電へ三〇歩　赤川次郎

リストラされた係長、夫の暴力に悩む主婦、駆け落ちした高校生カップル……。駅前ですれ違った他人同士の思惑が絡んで転がって、事件が起きる！

205913-9

あ-10-10　静かなる良人　新装版　赤川次郎

浮気をして家へ帰ると夫は血まみれで倒れていた。犯人探しにのりだした妻の千草は、生前気づかなかった夫の思いがけない一面を知る……。〈解説〉山前　譲

206807-0

あ-10-11　迷子の眠り姫　新装版　赤川次郎

クラス対抗リレーの練習に出かけた昼下がり、誰かに川に突き落とされた高校生の笹倉里加。病院で目を覚ました彼女に不思議な力が！〈解説〉山前　譲

206846-9

あ-10-12　いつもの寄り道　赤川次郎

出張に行ったはずの夫が、温泉旅館で若い女性とともに焼死体で見つかった。夫の手帳を手に入れ、事件の謎に近づく加奈子に危険が迫る！〈解説〉山前　譲

206890-2

あ-10-13　夜に迷って　赤川次郎

将来有望な夫と可愛い娘のいる沢柳智春。義父の隠し子や弟のトラブル解決に尽力するが、たった一度の過ちが噂になり追いつめられていく。〈解説〉山前　譲

206915-2

あ-10-14　夜の終りに　赤川次郎

三年前の殺人事件で記憶を失った母。別居中の父。殺人犯の夫が殺された矢先、娘の有貴が通り魔に襲われた。一家を陥れようとするのは……？〈解説〉山前　譲

206931-2

あ-10-15　招かれた女　赤川次郎

解決済みの女学生殺人事件の犯人が野放しになっていた。真犯人の似顔絵を探し始めた人々が命を狙われて――。傑作サスペンス・ミステリー。〈解説〉山前　譲

207039-4